JN059626

アリになれないキリギリス

上條影虎

Kamijo Kagetora

GENTOSHA
幻冬舎 MC

アリになれないキリギリス

イソップ童話に、アリとキリギリスという話がある。アリはあくせくと働き、キリギリスは音楽を奏で遊んでいる。やがて冬が来て蓄えのあるアリは幸せに暮らし、遊んでいたキリギリスは死に絶えてしまう。

人間の中にも、アリのように生きる者もいれば、キリギリスのように生きる者もいる。そんな２人も、イソップ童話のように同じ結末を迎えるのか……？

目次

アリとキリギリス

昼休み、賢一は小学校の裏庭に呼び出されていた。前日、六年生の剛史が近所の駄菓子屋で万引きをした。それを目撃した五年生の賢一が、先生に告げ口した事への報復だった。

「よくも告げ口してくれたな」

「僕じゃありません……」

賢一の言い訳に、剛史が切れた。

「嘘をつくんじゃねえ！　あそこにいたのは、お前だけだっただろ！」

剛史は、六年生の仲間たちと賢一を取り囲み、頭を小突いていた。

「何とか言ってみろよ！」

五年生の賢一は、どちらかというと小柄で大人しいタイプだった。剛史は、その賢一に告げ口された事が頭に来た。

「お前も終わりだな」

剛史はそう粋がると、笑いながら振り返った。そこにはガキ大将の将太が立っていた。将太は、他の六年生たちより二回り以上身体が大きかった。将太は黙ったまま、両手をズボンのポケットに入れ、賢一を見ていた。しびれを切らした剛史が、将太の顔色をうかがった。

「将ちゃん……」

将太は何も言わず、動かなかった。そこに居る全員が将太の顔色をうかがった。

しばらく沈黙が続いたが、将太は面倒くさそうに歩み出た。そして賢一の前まで行くと立ち止まった。

「仲間だからな……」

将太はそう呟き、賢一を見下ろした。そして賢一の髪の毛を左手で鷲づかみにすると、顔を上に向け、睨みつけた。

「お前、俺の仲間だと分かっているのにチクったのか?」

賢一は、あまりの怖さに声も出ず、ただ震えていた。そんな賢一を見て将太は、面倒くさそうに言った。

「いい子ぶりやがって!」

将太は、賢一の腹にパンチを入れた。

将太は小学生にしては身体が大きく、身長が一八〇センチ弱、体重は一〇〇キロ以上あった。その体格のおかげで、中学生と喧嘩しても負ける事はなかった。そんな将太のパンチは、一学年下で小柄な賢一には堪えた。賢一は腹を押さえてかがみ込んだ。

「うっ……」

〝息が出来ない……〟

それが合図のように、六年生たちは一斉に賢一を蹴った。賢一は倒れたまま、身体を丸めて頭を押さえていた。その時怒鳴り声が聞こえた。

「やめろよ!」

六年生たちは蹴るのを止め、一斉に声の方に目をやった。そこには賢一の同級生の禅（ぜん）が立っていた。剛史が怒鳴った。

「なにカッコつけてんだ！」

それはお決まりの光景だった。剛史は喧嘩が弱いくせに、将太の金魚の糞のようにくっ付いている、いわゆるカス野郎だ。六年生の喧嘩や問題は、いつも剛史が作り、将太の所に持ってくる。

禅は呆れた顔で剛史を見つめた。それを見て、剛史が笑った。

「なんだ、禅、文句あるのか？」

禅は五年生の中では、スポーツ万能でリーダー的存在だった。しかし六年生の将太とは対照的で、ガキ大将というよりも、優秀なリーダーというイメージだった。だから将太たちとは違い、グループを組んで悪さをする事はしない。身体も五年生にしては大きい方だが、どちらかというと背が高く細身で、外見も将太とは対照的だった。将太は剛史を押しのけると、禅の前まで近づき睨んだ。

「お前、俺とやろうってのか？」

禅は唾を飲み込んだ。

「将太君と喧嘩する気はないよ……」

将太は首を傾けた。

「じゃあ、〝やめろよ！〟って言ったのは何だ？」

「それは……」

「それは？」

禅は、体の震えを止めるように言った。

「それは、賢一が友達だから……」

将太は笑った。

「じゃあ、お前が代わりにやられるか？」

禅は、下を向き黙り込んだ。

「どうするんだ？」

将太は薄ら笑いを浮かべると、周りにいる六年生の仲間たちを見回した。それを見た仲間たちが、将太の顔を見て愛想笑いをした。禅はその隙をつき、突然渾身の力で将太の顔を殴った。

〝先手必勝！〟

それは禅の賭けだった。禅は馬鹿ではない。しかし、このまま黙っていても結果は同じ……賢一と二人で袋叩きにされるだけだ。それに、将太とまともに喧嘩をしたところで勝てる見込みはない。だったら一か八かやるしかなかった。

禅は、喧嘩はした事があった。しかし、好んで喧嘩をする訳でもなく、同学年のいじめをしていたヤツと、殴り合う程度のケンカだった。そんな禅だったが、この一撃は少ない経験の中でも、渾身の一撃と思えるほどの一撃だった。しかし、結果は？

「え？」

禅は理解に苦しんだ。確かに拳は、完璧に将太の頬に当たっていた。しかし、何も起こらなかった……賭けは失敗だった。その一撃は、将太には全く効かなかったのだ。将太は笑った。

「なんだ？　そのパンチは？」

そして、その笑い顔は一瞬にして鬼の形相に変わった。次の瞬間、将太のパンチが禅の顔に当たった。

禅は星を見ていた……昼にもかかわらず、目の前に輝く沢山の星を……。

禅は、気が付くと地面に倒れ、他の六年生に蹴られていた。

剛史が怒鳴った。

「この野郎！　五年生のくせに調子に乗りやがって！」

しばらくすると将太が怒鳴った。

「もう止めろ！」

その声を聞いて、全員が一斉に蹴るのを止めた。それに不満げな剛史が将太を見た。

「なんでやめるんだよ！」

剛史は本当にバカだった。強い人間に付いていると、自分も強くなったと勘違いしてしまう人間がいる。剛史はその典型だった。将太の表情が見る見る変わって行った。

「あ？　お前、俺に言っているのか？」

そう言うと剛史の胸ぐらを掴んだ。

「お前、今なんて言った？　俺の言う事が聞けないのか？」

我に返った剛史が青くなった。

「ご、ごめん……」

将太は、しばらく剛史を睨んでいた。

〝この金魚の糞が！〟

将太は剛史が好きじゃなかった。

〝弱いくせに、俺の事を利用して粋がっている。こいつだけは好きになれない！〟

自分の前ではペコペコしているくせに、知らない所では悪口を言っている。そんな剛史に将太は愛想が尽きていた。

〝それでも仲間だから仕方ない……〟

そう自分に言い聞かせた。

将太は剛史を突き飛ばすと、倒れている禅の前にしゃがみ込んだ。

「お前、いい根性しているな」

そう言って笑うと振り返り、仲間を見回した。

「行くぞ！」

将太は立ち上がると歩き出した。他の仲間も慌てて後に付いて行った。将太は、腹を押さえてかがんでいる賢一を見ると言った。

「お前、いい友達を持ったな」

それはまるで禅と賢一の関係を、うらやむような言い方だった。実際にうらやましかった。将太は自分がお山の大将で、友達はいないと思っていたからだ。

〝俺はみんなに恐れられているだけだ。自分が困った時に来る奴らしかいない〟

そして呟いた。

「俺がやられたら、この中に俺を助けるヤツがいるだろうか？」

それを聞いたのは賢一だけだった。

立ち去って行く将太の後を、不満げな顔をした剛史が賢一を睨みながら歩いて行った。

「禅、大丈夫か？」

賢一は、そう言うと腹を押さえながら、倒れている禅の元へ歩み寄った。

「だ、大丈夫……」

「鼻血が出ているよ！」

「そうか？」

禅は、手で鼻血を拭いた。

「ごめん……」

「何言っているんだ、俺たち友達だろ」

「そうだね、ありがとう」

二人は立ち上がると、教室に向かって行った。禅が呟いた。

「しかし、将太君は強いな……」

「当たり前だよ、それを分かっていて殴るんだからな」

「いや、どうせやられるなら試してみたかったんだよ」

賢一は呆れた顔で禅を見つめた。

「お前、助けに来たのか？　やられに来たのか？」

禅は呆れた顔で賢一を見つめた。

「お前も良く言うよ、お前がチクらなかったら、こんな事にはなってなかったんだぜ」

「まあな……でも、どうしても剛史が許せなかったんだよ」

それを聞いて禅が笑った。

「お前は本当にクソ真面目だな、将太君が出て来て、やられる事は分かっているくせに」

賢一は苦笑いした。


二人の名前は、松本禅と森下賢一。二人は家が近かった事もあり、幼馴染だった。小さい頃から気心知れた仲で、周りから見ている人たちには、二人が兄弟のように思えるほどだった。

しかし、二人の家庭環境は全く違っていた。

禅の家は父親が中小企業の社長で、比較的裕福な家庭だった。家族は、父と母、妹の四人家族だ。

賢一の方は、賢一が二歳の時に父親が病気で亡くなり、それからは母一人子一人の二人暮らしで兄弟もいない。唯一の家族である母も身体が弱く病気がちで、家も貧しかった。

外見も性格的にも、二人は真逆に見えた。背が高く二枚目、社交的でスポーツ万能、常に周りから注目される禅。それに対して、賢一は小柄で大人しい性格、いわゆる影が薄く目立たないタイプだった。そんな賢一だったが、正義感が強く、曲がった事や筋の通らない事が大嫌いだった。特に感情的になる訳ではないが、相手が誰であろうと、違う事は違うと言ってしまう。だから、時にその性格が災いした。

「お前、生意気なんだよ！」

そう言われ、トラブルになる事が多かった。そんな賢一を禅は助けた。それは、周りから見ていても兄弟のように思えた。その姿は、弟を助ける兄、そんな風に見えたからだ。

禅は真面目な賢一が好きだった。やられるとわかっているのに正義を通そうとする賢一……禅は、その純粋さを理解し、助けたいと思っていた。そして二人は、お互いに一番信頼出来る関係になっていた。口数が少ない賢一も、なぜか禅の前ではよくしゃべった。それは周りから見ると、本当の兄弟のように仲が良く見えた。実際、男兄弟がいない禅と、兄弟のいない賢一は、お互いに助け合い信頼し合って、本当の兄弟のように思っていた。そんな二人の口癖はこうだ。

〝俺たちは兄弟以上だからな〟


そして月日は流れて行く……。


小学校の卒業まで、半年となったある日の帰り道、禅と賢一は進路について話をしていた。

「賢一、中学はどうするんだ？」

「どうするって？」

その質問をして、禅は愚問だと思った。なぜなら、経済的に苦しい賢一が、私立中学に行く訳がないと思ったからだ。賢一はそれを察したように聞き返した。

「お前は私立中学へ進学するんだろ?」

「ああ……いや、まだ決めてないよ」

それは、賢一に対する気遣いから出た言葉だった。なぜなら、本当は親から私立中学に行くように言われ、願書も出していたからだ。もちろん賢一にも、それは薄々わかっていた。しかし、禅の気遣いは伝わっていた。禅は横にある空き地を見ると話題を変えた。

「ここでよく遊んだよな」

「ああ」

「野球をやったり、サッカーをしたり……」

「フフフフ……」

賢一は、笑った。話題を変えた禅の必死さが伝わったからだ。

「な、何だよ」

「いや、別に……そうだな、よく遊んだよな……」

「小さい頃はかくれんぼをしたよな」

そう笑いながら言った賢一を見て、禅も笑った。

「ああ」

「あ、覚えているか?」

「何を?」

「ここをスタートにして、五対五になってチームで鬼ごっこをしただろ?」

「ああ、あの時か」

それは、禅と賢一のチームが相手チームを捜していた時の事だった。逃げる範囲は限られているのに、中々見つからなかった。夏ではあったが、辺りは暗くなってきた。仲間の一人が言った。

「もうやめて帰ろう」

賢一は言った。

「いや、捜すまでは帰らない」

「もう帰ったんじゃないか?」

「……」

「もう帰らないと怒られるし……」

無視する賢一と仲間が険悪な雰囲気になった。それを見ていた禅が割って入った。

「お前たちは帰っていいよ、俺は賢一と捜すから」

他の仲間は顔を見合わせた。

「じゃあ、先に帰るよ……」

そう言って帰る仲間を、賢一は睨んでいた。それから二人は夜まで捜し続けた。禅も賢一も相手が帰ってしまった事はわかっていた。しかし、賢一の気持ちが妥協したくなかった。禅もそれに付き合った。二十一時を過ぎた頃、禅の親と賢一の親が二人を捜しに来た。二人はこっぴどく叱られた。その時も禅は、自分が捜すまで帰らないと言ったと言い、賢一をかばった。

「あの時は参ったよ」

「悪かったよ」

そう言って笑う賢一を見て禅も笑った。十二年しか生きていない二人だったが、学校に居る時、遊ぶ時、二人は親と居る時間よりも、一緒に居る時間の方が長いように思えた。

「賢一、俺の家に寄って行くか?」

「うん……」

二人はいつものようにTVゲームをやった。

その日、賢一は禅の家で夕食を食べていた。学校帰りに禅の家で遊んだときは、禅の両親が食べて行くように言った。賢一も病弱で働いている母親を気遣い、それに甘えた。

「賢一君、お母さんの具合はどうだ?」

「大丈夫です」

「そうか、それは良かった」

禅の父親は進路の事が気になったが、賢一の前では話さなかった。

そして時は流れていった。


賢一は学区内の公立中学に進学した。禅は親の奨めで私立中学への進学も考えたが、地元の友達と離れるのが嫌で、賢一と同じ公立中学に行く事にした。二人は、クラスは同じにならず、隣のクラスだった。

「賢一、クラスは違うけど、仲良くしような」

「ああ、宜しく頼むよ」

「ところでお前、部活は何かやるのか？」

「部活か……」

運動音痴だった賢一は、運動部には入りたくないと思っていた。

「禅、お前は何かやるのか？」

「俺は、バスケットボールをやりたいと思っている」

「バスケか……」

賢一は思った。

〝運動神経の良い禅には合っているな〟

そう考えていると、禅が言った。

「賢一、お前も一緒にバスケ部に入らないか？」

余りに突然で、考えられない事を言われた賢一は戸惑った。

「え!? 俺は無理だよ！ 背も低いし、運動音痴だし……」

そう言って笑う賢一を、禅は真面目な顔で見ていた。

「だから一緒にやろうって言っているんだよ」

「？」

「お前が言うように、お前は背が低くて運動音痴だ。だから一緒にバスケットをやるんだ。そして少しでも背が伸びて、運動神経が良くなったらいいだろ？」

賢一は驚いた顔をしていた。

「それに俺が一緒だから心配ないよ」

禅は微笑んだ。その言葉と笑顔を見た賢一は迷っていた。

「でも、出来るかな？」

「何言っているんだ、誰だって初めは素人だぜ。俺だって、バスケットをやった事はあるけど、遊びでやっただけで、ほとんど素人だぜ、俺もお前も同じだ」

「………」

「どうだ？　一生懸命努力して頑張ってみよう、人生を変えるんだよ、一緒にカッコ良く羽ばたこうぜ！」

賢一は、少し不安だったが、禅の押しと情熱に負けた。

「そうだな……」

「じゃあ、決まりだな」

禅は嬉しそうに笑った。それに釣られるように賢一も笑った。


禅と賢一はバスケットボール部に入り、三カ月が経っていた。

放課後の体育館に怒鳴り声が響いた。

「お前！　何回言えば分かるんだ！」

あまりにも上達しない賢一に、三年生の先輩が切れていた。

「す、すみません……」

「罰として体育館十周！」

賢一はうなだれた。それを見ていた禅が割って入った。

「先輩、勘弁してやってください。こいつ運動神経が悪いですけど頑張っていますから……」

禅は賢一が下手な事を苦にして、一人で居残り練習をし、休日も練習している事を知っていた。その言葉は、そこから出た言葉だったのだが……逆に、その言葉が三年生の怒りに油を注いでしまった。

「お前、いつから先輩に指図するほど偉くなったんだ？」

禅はマズイと思ったが遅かった。

「いえ、そう言う事じゃないんですよ……」

「じゃあ、どういう事だ？」

それを見ていた他の三年生も近づいて来た。

「どうした？」

「いや、こいつが俺に指図するんでな」

それを聞いて、部長が笑った。

「お前、そんなに偉いのか？」

「そういう事では……」

禅は返す言葉がなく、下を向き黙っていた。

「努力しているとか頑張っているとか、そんな事で試合に勝てれば苦労しないんだよ！」

禅は、もっともだと思った。

「お前、ここのルールが分かってないらしいな、ここでは俺たちがルールなんだ！　嫌だったらやめてもいいんだぞ！」

禅は慌てた。

「す、すみません……」

そんな禅を見て、部長が怒鳴った。

「お前も一緒に走れ！」

「え⁉」

「嫌なのか？」

禅は下を向いた。もちろん納得はできなかった。しかし……。

「分かりました……」

禅は、そう言うと賢一の方へ走って行った。近づいて来た禅に賢一は申し訳なさそうに言った。

「禅、悪いな……俺のせいで……」

「お前のせいじゃないよ、あいつらがバカなんだ」

そう愚痴を言いながら走っている二人を見て、三年生が怒鳴った。

「お前、黙って走れ！　もう十周！」

「ええ？　は、はい！」

禅は、大声で答えた。

賢一は、いくら練習しても、人より努力しても上手くはならなかった。一方の禅は、その持って生まれた運動神経の良さと抜群のセンスで、夏には三年生に混じってレギュラーになっていた。それは一年生としては異例だった。

冬をむかえたある日、部活を終えた帰り道で賢一が呟いた。

「禅、俺バスケットやめるよ……」

禅は驚いた顔で賢一を見た。

「え？　何言っているんだ、もうすぐ三年生が引退するし、これからじゃないか！」

そうはげます禅に賢一は力なく応えた。

「もういいんだ、もう……俺には才能が無い……」

それは禅という天才を、近くで目の当たりにしてきた賢一が一番感じた事だった。

禅は、その言葉を聞いて返す言葉が見つからなかった。

〝人の努力は報われないのか？〟

それは人一倍努力している賢一を、一番近くで見てきた禅だからこそ、賢一の苦しさが痛いほど分かっていたからだ。

「禅、ありがとう、俺をずっとかばってくれて……」

「賢一……」

「頑張れよ、お前には才能が有る。三年生も思っていると思うよ、お前にはかなわないって」

そう言って笑った賢一の顔を見て、禅は泣きたくなった。涙を堪える禅に賢一は気付かない振りをした。そして、賢一はバスケ部を去っていった。

賢一は思った。

〝俺は勉強する、運動音痴で才能が無い俺には、努力するしか道はないんだ！〟

そう自分に言い聞かせた。


二年生に進級した二人は対照的だった。

禅は、二年生になると成長に連れ、その才能をさらに開花させた。もはや新三年生の中に、禅に敵う者はいなかった。そして二年生ながら、バスケット部のエースになった。身長も一八〇センチを超え、女子生徒の注目の的だった。一方の賢一は勉強に励んだ。その努力は報われ、学年では、ずば抜けて一番だった。

人は、それぞれに得意分野がある。それは向き不向きとでも言うべきか？　賢一はスポーツには不向きだったが、勉強には長けていた。それが努力と結びつき、さらにその才能を開花させたのだ。

賢一の努力は報われたのだ。

部活で遅くなった禅と、学校に残って勉強していた賢一は、下駄箱でばったり会った。

「賢一、久しぶりだな」

「ああ禅、元気だったか？」

「俺はこの通り、相変わらずさ」

「また背が伸びたんじゃないか？」

「ああ、お前みたいに頭が良くないからな、背だけは伸びるよ」

　禅は苦笑いすると下駄箱を開けた。中にはラブレターが二・三通入っていた。禅は、それを賢一に気付かれないように靴を取った。そして賢一が自分の靴を取っている隙に、そっとラブレターを抜き取った。それは禅の優しさだった。自分がモテていても、人には自慢しないという優しさだ。しかし賢一は、禅が初めに下駄箱を開けた時にラブレターが見えていた。賢一も、それに気付かないふりをしていた。二人は靴を履くと、学校を後にした。

　禅は久しぶりに賢一と一緒に帰れた事が嬉しかった。

「お前と帰るのも、本当に久しぶりだな」

「そうだな」

「お前がバスケ部を辞めてから半年くらいか？」

「その位かな……」

「じゃあ、半年ぶりだな」

　二人は顔を見合わせた。そして何がおかしい訳でもないが二人同時に笑った。二人は思い出話をしながら帰った。しばらく歩いていると、三年生の不良グループが、たむろって座っているのが見えた。

　賢一は嫌な予感がした。

「賢一、見るなよ」

　禅はそう言って真剣な顔をすると、三年生の前を、気にも留めないという素振りで通り過ぎて行った。賢一も、うつむいたまま禅に付いて行った。その二人を見ていた三年生の一人が呼び止めた。

「おい、お前ら！」

禅と賢一は立ち止まると振り返った。

「お前ら、挨拶もしないで通って行くのか？」

その声の先を見ると、剛史がタバコを吹かしながら睨んでいた。

「いや、そう言う訳じゃあ……」

「じゃあ、どういう訳だよ？」

禅が、返事に困っていると、剛史の横にいる一人が話し始めた。

「お前、随分目立っているな」

そこには、そう言って笑う将太がいた。将太は地元の一年上の先輩なので、同じ中学でも一学年上だった。小学校時代からガキ大将だった将太は、中学に上がると、すぐに三年生の不良グループに目を付けられた。しかし、身長が一八〇センチ近くあり、体重が一〇〇キロ以上の将太は、とても中学一年生の身体には見えなかった。三年生の不良グループは将太に返り討ちにされてしまった。それから三年間、学校は将太が仕切ってきた。あまり学校も行かず、行っても遅刻したり早退したりしている将太が、部活が忙しく帰りの遅い禅に会う事はなかった。

禅は、小学校の時にやられた記憶が蘇った。黙っている禅に剛史が怒鳴った。

「何黙ってんだよ！　将ちゃんが聞いているだろ？」

そう粋がった剛史を将太は睨んだ。

「お前は黙っていろ！」

将太を見て禅は思った。

〝体形は小学校時代とあまり変わらない。しかし成長期になって顔から幼さが消え、さらに怖さを増した〟

そう考えていると将太が言った。

「お前バスケット、上手いんだってな」

優しく言った将太に禅は驚いた。

「え？　いえ、それほどでも……」

「聞いたぜ、お前のおかげで、バスケ部は全国大会に出場するんだってな」

「そ、そうですか……」

ただ茫然としている禅を見て、将太は言った。

「俺は中学を出たら相撲部屋に入門する」

「え⁉」

「そしていつか横綱になる！」

どう答えていいか分からない禅は、ただ将太を見つめていた。

「お前も頑張って、バスケットで上を目指せよ」

将太は、そう言うと笑った。禅は、うなずいた。

「はい、頑張ります」

将太は賢一を見た。

「おい、お前」

「は、はい」

「小学校の時、こいつに助けてもらった事を忘れるんじゃないぞ。こんな仲間、中々いないからな。こいつらなんか、俺が高校生に袋叩きにされている時、全員逃げたからな」

将太はそう言って周りを見渡した。それを聞いた、剛史と他の三年生は困った顔をしていた。

すると、いつも大人しい賢一が突然、嬉しそうに言った。

「こいつは親友以上で、兄弟みたいなものですから！」

それを聞いた将太は微笑んだ。

「そうか……もう行っていいぞ」

将太の顔は満足そうだった。禅と賢一は挨拶をすると、その場を後にした。それを剛史が不満そうな顔をして見ていた。少し歩くと将太の怒鳴り声が聞こえた。

「おい！」

禅と賢一は恐る恐る振り返った。

「これ、チクるなよ」

将太はそう言って、持っているタバコを上げた。

「もう、お前たちを殴りたくないからな」

将太は、そう言って笑った。

「もちろんですよ」

禅は、そう言うと賢一を見た。賢一も禅の顔を見ると、うなずいた。

「頼むぜ」

そう言って笑う将太の笑顔は優しかった。二人は、その笑顔を見て思わず微笑んだ。そして、もう一度挨拶すると帰って行った。

二人は、しばらく無言で歩いていたが、禅が呟いた。

「ビビったよな……」

「ああ、最初はどうなるかと思ったよ」

「俺なんか、昔殴られた時の事を思い出したよ」

「俺、まだ震えているよ」

二人は苦笑した。禅は真面目な顔をすると言った。

「将太くん、何か変わったよな」

「そうだな、悪ガキってイメージが消えたような？」

「きっと少しずつ大人になっているんだよ」

「そうだな……」

賢一は、そう呟くと思い出したように言った。

「でも、剛史……あいつは変わらないよな」

「ああ、見たか？　あの不満そうな顔」

「将太君がいると、何も言えないからな」

「相変わらず嫌な奴だよ」

剛史の話をすると、二人は嫌な気持ちになった。

将太は喧嘩が強い。負けず嫌いで、粋がったヤツや喧嘩の強い奴と喧嘩をする。しかし、理由なく弱い者をいじめたりしない。いわゆる硬派だった。しかし剛史はネチネチして嫌な奴だった。将太の知らない所で弱い者をいじめてカツアゲをし、仲間を連れて万引きをしていた。もちろん、それを将太は知らない。知られたら将太は剛史を許さないだろう。

禅と賢一は剛史の事が嫌いだった。実際に何度か金をカツアゲされた。先輩だが、とても君付けでは呼びたくはなかった。賢一は空気を換えようと話を変えた。

「俺たちも、大人になっているんじゃないかな?」

「そうなのか?」

そう真面目に聞き返した禅を見て、賢一は笑った。

「変わらないか?」

「いや、たぶん変わっているよ、少しずつ……」

「でも、まだ中学生だぜ?」

「まあな」

二人は笑った。そして禅が言った。

「お前といると心がなごむよ、俺たち昔から本当に兄弟みたいだな」

「いや、それ以上だよ」

そう言い切った賢一の顔を禅は覗き込んだ。

「賢一、俺たち何があっても一生助け合って行こうな」

「そうだな、何があっても！」

二人は、また顔を見合わせ笑った。賢一は、真面目な顔をすると、歩きながら言った。

「俺たち、まるで正反対だよな……」

「え？　何が？」

賢一は、不思議がる禅を見つめた。

「人間として」

「人間として？」

「そう、人間として」

「……」

「お前は、いつもみんなの中心で目立っている、逆に俺は目立たない……ほら、イソップ童話にあるだろ？　アリとキリギリスという話……」

「アリとキリギリス？」

「ああ、キリギリスは華やかに歌っていて、アリはいつも目立たず地道に働いている」

それを聞いて禅は思いだした。

「お前、俺がキリギリスで、お前がアリって言いたいのか？」

「まあ、そんな所かな」

それを聞いて、禅は笑うと首を振った。

「じゃあ、俺は最後に蓄えも無く、冬が来て死んでしまうのか？　そして、お前は地道に働き、蓄えをして幸せに暮らす……そういう事か？」

賢一は、言い訳するように言った。

「いや、そう言う意味じゃないよ、エンディングはともかく生き方の話だよ、お前は才能があって良い音楽を奏でる、俺は才能が無いから、あくせく働くしかない」

「でも、確かにそうかもな……だけど、あの話のエンディングと同じにはならないぜ、俺は美しい音を奏でて、華やかに生きて行く……そして、ちゃんと蓄えて華やかなまま死んでいくんだ」

賢一は笑った。

「そうだよ、それが禅だ」

「お前も頑張れよ」

「ああ」

二人は笑った。

「なあ、賢一、お前は勉強をして遅くまで学校に居る。俺も練習で遅くなる。これからも一緒に帰らないか？」

「そうだな、帰ろう」

それから二人は、卒業まで一緒に帰る事になって行った。

二人は三年生になり、それぞれの道を歩んでいた。

禅はバスケ部でキャプテンを務めていた。その実力はバスケットに力を入れている有名私立高校からスカウトが来るほどだった。そして、相変わらず女子生徒や下級生のあこがれの的だった。

一方の賢一は家が苦しいため、母親に迷惑を掛けないようにと塾にも行かず、自力で猛勉強していた。そして相変わらず成績は断トツで学年トップだった。一緒に帰るようになった二人は、お互いの愚痴を言い合った。しかし、どちらかと言うと、禅の愚痴を賢一が聞くことが多かった。優しい禅は、自分のように上手くできない後輩に文句を言えず、いつも賢一に愚痴を言っていた。賢一はそれを黙って聞いていた。

ある日、禅が尋ねた。

「お前、高校はどうするんだ？」

「俺の家は貧乏だからな……あと、お前みたいに取り柄がある訳じゃないから、頑張って勉強して公立高校のトップ校に入りたいよ。お前はどうするんだ？」

「俺か？　俺はバスケットの推薦で、バスケット強豪の私立高校に行くよ」

賢一はうつむいた。

「そうか……才能が有る、お前がうらやましいよ、俺なんか才能がないから、勉強するしか能がない……それで受験に失敗したら終わりだよ」

禅は賢一の肩を掴んだ。

「お前何言っているんだ？　勉強だけが人生じゃないだろ？」

賢一は、その言葉を否定するように言った。

「それは、才能を持っているお前だから言える言葉だよ」

禅は驚いた顔をした。

「お前、大人みたいな事を言うな」

「お前みたいに才能が有って、華やかに生きているヤツに、俺みたいな凡人の気持ちは分からないよ」

悲しい顔をして、うつむいた賢一を禅は黙って見ていた。

卒業式の朝、禅と賢一は一緒に登校していた。禅の両親は卒業式に出席したがったが、賢一の母親が仕事で出席できない事を知った禅が、自分の親だけ来るのは賢一に申し訳ないと拒んだ。結局、母親だけがそっと見に来ることで了承した。

学校に向かう途中、禅が呟いた。

「ついに卒業だな」

「ああ」

「俺たちも、それぞれの道に行く事になるな」

「そうだな」

禅は中学最後のバスケットボールの大会で、無名の公立中学を全国三位まで持っていった。その才能を評価され、スポーツ推薦で私立のバスケットボール強豪校へ進学した。

賢一は、自分の努力だけで、有名塾などに通う秀才たちとの闘いに勝ち、公立高校のトップ校に合格した。しかも、本人は知らなかったが、その高校を受験した中のトップで合格していた。

禅は熱く語った。

「俺は、高校に行ってバスケットの腕を磨き、大学に行って、その後は実業団。そしてチャンスがあったら、アメリカのプロバスケットボールリーグに挑戦するよ」

そう夢を語る禅を見て、賢一は微笑んだ。

「お前なら出来ると思うよ」

「ああ、ありがとう」

禅はそう礼を言うと、聞き返した。

「お前はどうするんだ?」

「俺は、もっと勉強して国立大学に入り、将来は官僚になるよ」

「官僚?」

「ああ、俺はお前みたいに夢を追えないからな、だから確約が欲しいんだ、決められた確証のある人生が……だから、国家公務員になる」

禅には、良く理解できなかった。

「官僚? お前、難しいこと言うな」

「お前がうらやましいよ、夢を追えるんだからな」

「そうかな、まあ、バスケットが好きだから……それに、俺にはバスケットしか無いからな」

「それも才能があるから言えるし、出来るんだよ」

「……」

「お互いに夢に向かって頑張ろう」

「ああ、頑張ろう」

そう言うと、それぞれのクラスに入っていった。


卒業式が終わると、下駄箱から校門までは人で溢れかえっていた。両親と記念撮影する者、友達同士で別れを惜しんでいる者と様々だった。

賢一は人込みの中を、一人で校舎を出て校門の方へ歩いて行った。賢一はいつも一人だった。その積極性に欠ける性格から、唯一話をしていたのが、幼馴染で隣のクラスの禅だけだった。校門の近くまで行くと、禅が二、三十人の女子下級生に囲まれていた。中には泣いている者もいる。

「先輩がいなくなったら寂しいです……」

賢一は、そんな会話を聞きながら、邪魔しては悪いと思い、そっと通り過ぎて行った。賢一に気付いた禅は振り返ったが、とても声を掛けられる状況ではなかった。

門を出て、家路に向かう賢一は思った。

〝近所だから、また会えるだろう……〟

そう思いながら中学校を後にした。それは禅も同じだった。しかし卒業後の春休み、賢一の母親は身体の調子が良くなかった。そのため、母親と一緒に母親の実家に帰省してしまった。母親思いの賢一は、少しでも母親の近くで世話をしてやりたいと思ったからだ。

禅は、高校には家から通うつもりだったが、学校の強い要望で寮に入る事になった。家から高校まで電車で一時間以上というのも理由の一つだった。そのため禅は、高校の寮に入るための準備に追われていた。そして、高校が始まる前に賢一は戻ってきたが、禅はすでに寮に入っていた。結局、高校入学前に二人が会う事は無かった。そして、それぞれの高校生活が始まった。賢一も、禅とは方向が違うものの、同じように電車を乗り継いで、高校まで一時間三十分ほどかかった。金銭的な事情と母親を一人にする事は出来ないという思いで家から通った。そして、これを機に、二人が会う事は少なくなっていった。

それぞれの道

禅は高校に進学すると、その才能をさらに開花させた。禅は一年生ながら、レギュラーになると、ルーキーで高校生記録を次々と塗り替えていった。そして彼女も出来た。勉強こそ、ソコソコだったが、禅にそれは必要なかった。

「奴を中に入れるんじゃないぞ！　わかったな！」

「はい！」

そんな敵の監督の言葉は無意味だった。ドリブルをしている禅に、ディフェンスが次々に抜かれていく。

「リング下に入れるな！」

しかし無駄だった。全員が戻って守備を固めた所で、三ポイントが決まる。どこからでもシュートが打てて、スピードが違いすぎる。基本的な身体能力に差がありすぎた。

「ピー！　試合終了！」

先輩たちが禅に駆け寄る。

「すごいぞ、禅！」

まさにヒーローにふさわしい光景だった。禅は観客席に目をやった。

「禅くん！　カッコいい！　最高よ！」

そう言って彼女は飛び跳ねながら手を振った。

次の日の放課後、禅は彼女といた。

「禅くん。昨日の試合最高だったよ、本当にカッコよかった」

「そうかな、あんなの普通だよ」

「そんな事ないよ！　あんな試合、禅くんしか出来ないよ！　ああ、禅くんの彼女で良かった」

禅は黙って考えていた。

〝本当にこれでいいのか？〟


禅が、彼女と付き合い始めたのは二カ月前からだ。しかし、禅はあまり彼女の事が好きではなかった。彼女は、高校の一学年上の先輩だった。元々禅の追っかけで、熱狂的なファンだった。容姿は美人で三年生からも人気があった。しかし、同じ二年生からは、美人を鼻に掛けている感じで高飛車というイメージが強く人気が無かった。実際、気が強く負けず嫌いでプライドが高い。だから禅と付き合ったのも、自分の彼氏は恰好がいいと、みんなに自慢したい気持ちがあったからだ。

まだ高校に入ったばかりで、恋愛も良く分からない禅に、彼女が猛アタックをしてきた。それに押されて付き合う形となってしまった。

禅は、彼女といる時が苦痛だった。

「今度の日曜日、どこに行く？　禅くん、まだ遊ぶ所、知らないもんね。私が考えておくね」

「………」

禅は彼女といる時間があるなら、好きなバスケットをやっていたかった。禅は、彼女と別れると寮に戻る途中、ため息をついた。


一方の賢一は、高校に入学してからも変わらず猛勉強していた。

〝俺には勉強しかないんだ〟

そう自分に言い聞かせ、ただ勉強をしていた。中間テストの結果は学年トップだった。

〝明日から始まる期末テストも必ずトップを取る！〟

そういう気持ちでいた。その努力は並大抵のものではなかった。いや、そんな言葉は生ぬるい。それは異常とも思えるほど、通常の人間の努力ではなかった。

「俺はやり遂げる、目標を達成するために！」

賢一は、そう呟いた。


二人は高校二年生になっていた。

禅は、相変わらず身勝手で、見栄っ張りな彼女とは距離をおいていた。最近では下級生に、ちやほやされる禅に、やきもちを焼いて来る……そんな彼女に嫌気がさしていた。

「なんで会ってくれないの？」

「部活が忙しいんだ、全国大会も控えているし……今は、バスケットに集中したい」

禅は、そう一方的に言うと電話を切った。

「ああ、面倒くせえ!」

禅は、バスケットに関してはもはや敵なしだった。他のメンバーも禅には劣るものの、バスケットの強豪校だけに全国レベルではトップレベルだった。他校が張り合える訳はなかった。

全国大会が始まると、ほぼ快勝で〝優勝は当たり前!〟という前評判どおりに全国制覇を成し遂げた。

禅は二年生ではあるが、すでに水面下で、社会人チームや、有名体育大学が獲得を狙っていた。禅は、大学に進学して、バスケの腕を試すために、海外留学してみたいと考えていた。

三年生が卒業を控えた頃には、禅と彼女は別れていた。禅が一方的に振った形だった。

別れる理由は簡単だった。

「なんで別れるの?」

「……」

「私は、こんなに禅を愛しているのに」

「愛している?　僕の何を愛しているんだ?」

「全部に決まっているでしょ!」

その言葉を聞いた禅は、今までたまっていたものが爆発した。

「全部?　君と僕とは、ただの友達だよ、君は勝手に愛していたかもしれないけど、僕の中にそんなものはなかった」

それを聞いた彼女は涙目になった。

「ひどい……」

そして、うつむくと涙を流した。それを見て、禅は一瞬かわいそうだと思ったが心を鬼にした。

「だってそうだろ？　一緒に映画を見たり、買い物をしたりしたけど、俺たちはキスをした事も無いんだぜ、どう見てもただの友達だ！」

彼女は泣きながら禅の方を見ると、反論するように言った。

「それは禅が求めて来ないから……」

「だから、そう言う事だよ、俺はキミの事が好きじゃない！」

彼女は、また下を向き泣き出した。

「さよなら……」

禅は、そう言うと足早に去って行った。禅は彼女がかわいそうだと思ったが、それ以上に自由になれた事と、ストレスから解放されたという気持ちの方が強かった。

その後、彼女から〝やり直したい〟と、何度か連絡があったが、禅はそれを無視した。


そして、三年生たちの卒業式の日を迎えた。禅はバスケ部の先輩たちに別れを言っていた。

「先輩、お疲れ様でした」

「禅、お前と一緒にバスケをやれて良かったよ」

「自分も良かったです」

「本当に、そう思っているのか？」

先輩たちは笑った。そして真剣な顔をすると言った。

「全国大会二連覇、頼むぞ、お前ならできる！」

そう言うと禅の肩を叩いた。

禅は感極まって泣きそうになった。それを見た先輩は笑顔を見せた。

「先輩……」

「じゃあな、いつか有名になっても、俺たちの事を忘れないでくれよ」

「はい……」

禅も涙をこらえながら笑顔を作った。

先輩たちを送り出した後、門の所まで行くと別れた彼女が、友人数名と立って話をしていた。彼女は禅に気付き、何か言いたそうだったが、禅は気付かないふりをした。そして足早に学校を後にした。


三年生の夏休み、禅はお盆休みで実家に帰省していた。バスケットから離れられない禅は練習をするため、バスケットボールを持って近所の公園に向かった。しばらく歩いていると、賢一にバッタリ会った。

「賢一じゃないか！」

「禅！」

「久しぶりだな」

「ああ、本当に」

禅は正月など、たびたび実家に帰っていたが、賢一に会うのは久しぶりだった。久しぶりに見た賢一は雰囲気が変わっていた。

「賢一、お前背が伸びたな」

「ああ、お前ほどじゃないけどな」

あの小柄な賢一が、一七〇センチ以上になっていた。禅も一八〇センチを優に超えていた。お互い成長するにつれ、顔から幼さが薄れていた。

「どこに行くんだ?」

「暑いからな、図書館で勉強しようと思って」

禅は思った。賢一の家は母親も病気がちで生活が苦しい。しかも、風の噂で、母親の病気があまり良くないと聞いた。エアコン代を節約したい賢一は図書館で勉強しているんだと。

「お前も頑張っているよな」

「そんな事ないよ、お前には負けるよ。聞いたぜ、全国大会制覇したらしいじゃないか」

「ああ、まあ俺一人の力じゃないからな」

禅は、そう言って笑った。賢一も笑いながら言った。

「お前はいいよな、才能が有って……昔からお前の周りは、お前を中心に回っているよ、俺はその中に居ただけだったからな、そう、ただ居ただけだ」

「そんな事ないさ、ここまで来たら俺にはバスケットしかないからな、お前は頭が良くてうらやましいよ」

「頭がいい訳ないだろ？　俺は凡人だよ、凡人」

禅は、そう謙虚に言った賢一を見て思った。

〝こいつの努力は半端なものではないだろう〟

禅は愚問と思ったが、あえて聞いた。

「お前、進学するのか？」

賢一は禅の顔を真面目な顔をして見た。その眼差しは怖いほど真剣だった。

「俺の家は貧乏だからな……勉強して、奨学金で国立大学に入るよ、そう決めたんだ」

禅は、賢一の勉強に掛ける並々ならぬ執念を感じた。

〝こいつの努力に比べたら俺の努力は……？〟

そんな不安な気持ちになった。そんな気持ちを消すように、そして、まるで自分に言い聞かせるように言った。

「俺も大学に行く、そして、もっとバスケの腕を磨く、そしてアメリカに行ってプロになる！」

確信はなかった……ただ、賢一の並々ならぬ決意に押され、思わずそんな夢のような事を言ってしまった。

賢一は微笑んだ。

「すごいな、お前なら出来ると思うよ、頑張れよ」

「ああ、お前もな」

二人は握手すると別れていった。

そして、禅と賢一は大学に合格した。

禅はバスケットで、見事全国大会二連覇を果たした。そして、体育大学に推薦で合格した。賢一は猛勉強して、見事日本で一、二の名門の国立大学法学部に合格した。道は違うが、まさに二人はエリートだった。禅は成長と共に才能を開花させ、日本のバスケットボール界でトップレベルだった。そして賢一は相変わらず塾にも行かず、自分だけの努力により、日本でトップレベルの国立大学にトップ合格していた。

人は努力だけでは一番にはなれない。才能・努力・運の全てがかみ合わなくては、それを成し遂げる事は出来ない。例えば才能がある人間が、その道を選ばなければ、それで終わってしまう。また、その道に進み才能があっても怪我をしてしまう事もある。また指導者と反りが合わなかったり、人間関係がうまくいかない事もあるだろう。それは受験に関しても同じで、全ての事を完全に暗記している事は難しく、受験に出る所を完璧に全て覚える事は困難だ。また覚えていても、その時に度忘れしてしまう事もあるだろう。そう考えれば、トップを取るという事は、全てがかみ合わなくては成し遂げる事は出来ない。そういう意味で二人は天才と言えた。

しかし賢一は、自分の事を天才とは思ってはいなかった。なぜなら、天才ではないがゆえに人より努力し、それを勝ち取ったと思っていたからだ。賢一は禅の事を本当の天才だと思っていた。それは中学生時代、一緒にバスケ部に入った時に感じた。同じ練習をしても、一瞬で自分のはるか先に行った禅を目の当たりにしていたからだ。ある意味で、それが賢一の原動力となっていた。それ以来、賢一は自分に言い聞かせた。

〝俺には勉強しかない、そして俺は天才ではない、だから人一倍努力しなければいけない！〟

そう言い聞かせ、人より努力してきた。そして、それは今も同じだった。

〝俺は凡人！　だから人より努力する〟

そう信じて生きていた。そして努力しないと賢一自身が終わってしまう気がした。

〝おれは走り続けなくては……止まってはいけない、止まったら終わってしまうのでは？〟

その不安が賢一のさらなる原動力となり、秀才賢一から天才賢一を作り出した。

夏休みに入った禅は、合宿に入る前に実家に帰省していた。

禅と賢一は、ファミリーレストランで会った。

「相変わらず、バスケットが上手いらしいな」

「お前も天才街道まっしぐらだろ？　そうだ、官僚になるんだろ？」

そう言って笑う禅を見て賢一は言った。

「だから天才じゃないって、努力しか能が無いんだ、俺はアリだから勉強して、あくせくやるしか無いんだ」

それを聞いて禅は笑った。

「そうだったな、お前がアリで俺がキリギリスだったよな」

「そうだ」

「何度も言ったが、俺はアリとキリギリスのような結末にはならないぜ、キリギリスは寒さに耐えられる宮殿を作り、蓄えをして冬を乗り越える……そして永遠に音楽を奏で続けるんだ……そう永遠に……」

「お前は、本当に昔からポジティブだな」

「お前がネガティブすぎるんだよ」

二人は笑った。賢一は、急に真面目な顔になった。

「どうした？」

「いや……お前はいいよな」

「え？」

「お前は、大学を出ても辞めても、親父の会社があるからな、うらやましいよ……俺は病気がちの母親の事もあるし、勉強するしかないんだ。逃げ道が無いからな……だから頑張って俺は官僚になるしかない」

「賢一……」

「逃げる事は許されない、だから決められた堅い道に進みたいんだよ」

禅は、賢一が追い込まれているような気がした。その空気を換えるために禅は笑った。

「お前、まるで俺がバスケットがダメで、親父の会社を継ぐみたいな事を言うな」

賢一は、それを聞いて慌てて困った顔をした。

「そう言う意味じゃないよ」

そう言い訳をする賢一を見て禅は大声で笑った。

「ハハハハ……」

それに釣られ、賢一も苦笑した。禅は、ふと窓の外を眺めた。

「この辺も随分変わったよな、子供の頃は何も無かったのに……」

「そうだな」

禅は思い出したように言った。

「あの辺に、空き地があったよな！」

「ああ、あった」

二人は懐かしそうに、昔を思い出していた。

「よく遊んだな」

「ああ、そうだな」

昔の事を懐かしむ禅は、ふと思い出した。

「将太君、相撲部屋で頑張っているのかな？」

「頑張っているみたいだ、もうすぐ幕下らしい」

禅は、高校から地元を離れ、寮に入ってしまった。だから地元の情報がわからなかった。しかし、賢一は自宅から通っているので、地元の噂は耳に入っていた。

「そうか……頑張っているのか……」

そう言うと禅は、将太の言葉を思いだした。

〝俺は横綱になる！　お前もバスケットで上を目指せよ〟

「……………」

〝そうだ、将太君と約束したんだ、俺も頑張らないと〟

禅が、そう考えていると賢一が言った。

「剛史、覚えているか？」

「ん⁉　もちろん覚えているよ」

それを聞いて、賢一の顔が曇った。

「あいつは、相変わらずカスだよ」

「そうなのか？」

「ヤクザの下っぱにペコペコして、ヤクザでもないのにヤクザぶって……年下のガキから金を巻き上げたりしているらしい」

「相変わらずだな」

「将太君が居なくなってから、さらに粋がっていて、昔つるんでいた同世代の人たちも、誰もあいつを相手にしていないよ」

禅は、カスは死ぬまでカスだと思った。賢一は話を続けた。

「あいつは本当にカスだ、あいつだけは許せない！」

賢一は、震えながら唇を噛み、怒りをあらわにした。禅は驚いた。昔から曲がった事が嫌いな賢一が、剛史を嫌いな事は理解できた。しかし、あまり感情を出さない賢一が、目に見えるように感情をあらわにしたからだ。

〝賢一が、こんなに感情的になった事があっただろうか？　それに、昔の事なのに……随分、執念深いんだな!?〟

「賢一、剛史と何かあったのか？」

賢一は我に返った。

「い、いや……そう言う訳じゃあないけど……」

そう言って苦笑いを浮かべた。

禅は思った。

〝人は成長するからな、賢一も自己主張するようになったのだろう〟

違ってきた未来

それは突然、夏合宿で起こった。バスケットの練習試合中、禅は相手のディフェンスの選手と交錯した。そして、禅も相手選手も倒れ込んだ。

「大丈夫か?」

他の選手たちが二人の所に掛け寄って来た。相手の選手は頭を打ったのか気を失っていた。禅は右ひざを押さえ、悶絶していた。

「禅! 大丈夫か?」

「ひ、膝が……」

あまりの激痛に、そう答えるのが精一杯だった。

「救急車!」

監督が、そう叫ぶとマネジャーが119番通報した。二人は担架で運ばれ、病院に向かって行った。

その救急車の中で禅は思った。

〝もう、このままバスケットが出来なくなるのでは?〟

相手の選手は軽い脳震盪(しんとう)だったが、禅の怪我は深刻だった。

〝右ひざの靭帯(じんたい)全断裂!〟

前十字靭帯、後十字靭帯、外側側副靱帯、内側側副靱帯の断裂。急きょ、縫合手術が行われた。結果、手術は成功した。全治は一カ月と診断されたが、実際にリハビリを行って、復活するまでには最低でも六カ月はかかるだろう。そして、禅の本来のレベルまで戻すには、どれだけの時間がかかるのか……？　突然、禅の頭の中を賢一の言葉が過った。

〝アリとキリギリス〟

禅は不安になった。その不安を払拭するように呟いた。

「手術は成功した、スポーツマンに怪我は付き物……心配ない……」

禅が入院している病院に、賢一が見舞いに来ていた。

「怪我の具合はどうだ？」

「手術は成功したよ、あとは回復を待つだけだ」

「そうか……良かったな」

「ああ……」

禅は真面目な顔をした。

「俺にはバスケットしか無いからな……」

「そうだな……」

賢一は、そう答える事しか出来なかった。禅は、暗い雰囲気を変えようと、笑顔をつくり賢一を見た。

「お前の調子はどうだ？」

「ああ、俺は相変わらずだよ、お前みたいに華がある人間じゃないから、地道に頑張るしかない」

「………」

「お前も手術が成功したんだから、また頑張れよ、お前は生まれ持ってのスターなんだからな」

それを聞いた禅は苦笑した。

「ありがとう……」

それ以上お互いは話す事がなかった。

「じゃあな、もう行くよ」

「そうか……今日は、ありがとう」

そう笑顔を作った禅を見て、その不安な気持ちが伝わって来た。賢一は部屋から出ようとしたが立ち止まり振り返った。

「なあ、禅……もしも、もしもだけど……」

思い詰めた表情で言う賢一に、禅は笑いながら聞いた。

「なんだよ、改まって?」

「もしも、バスケットが出来なくなったら……」

「おいおい、変なこと言うなよ」

「だから、もしもの話だよ」

「あ、ああ」

二人は、一瞬沈黙した。

「お前は社交的だし、元々頭がいい」

「何だよ、いきなり」

「だから、もしもバスケットが出来なくなったら、アリのように地道に……俺みたいに地道に努力しても、一番になれると思うから……どの世界でも一番になれると思うよ、だから地道にやるのもいいんじゃないかな？」

禅は首を振ると一笑した。

「もしもな、でも俺はお前みたいには生きられない、おれはキリギリス、アリにはなれないよ」

「そうだよな、だから言っただろ〝もしも〟ってな」

「そうだな」

真剣な顔をしている賢一を尻目に、禅は笑った。


賢一が病室を出て行った後、禅は考えていた。それは、賢一が言ったようにバスケットが出来なくなったらどうするのか？という事だった。禅はしばらく考えていたが……考えても仕方ないと思った。

「アリのように……か……」

そう呟くと苦笑し、首を振った。

賢一は、子供の頃から人の本質を見抜く事に長けていた。その人間がどういう性格で、何を考えているか？　それは、大人しい性格から人を常に観察していた事が、そんな賢一を創り出したのかもしれない。賢一は、禅と話をして理解した。口では大した怪我では無いように言っているが、禅の怪我は深刻で、バスケット選手としては致命的だと……そして、焦っている禅の気持ちが伝わってきた。だから、あの言葉が出た。

〝アリのように地道に……〟

禅も、それは分かっていた。しかし……。

〝アリになれないキリギリス……〟

華やかに生きてきた禅が、それを受け入れるのは無理だった。もちろん、禅が受け入れない事は賢一も分かっていた。

禅は今までに味わった事のない苦しみと闘っていた。怪我をして、手術が成功してから三カ月。リハビリを続けてきたが、まだ膝は完治していなかった。歩く事や日常生活をするのには問題はなくなってきた。しかし、かつての輝きを取り戻すには、まだ時間がかかっていた。

「もう冬が来る。そして一年生が終わる……」

無駄に過ぎて行く時間の中で、ただ焦りだけが募っていった……。一方の賢一は、ただただ、必死で勉強をしていた。

それから数カ月が過ぎ、二人は二年生になっていた。

バスケットコートの中に禅の姿はなかった。膝の調子が良くなくベンチにいた。そしてもはや、かっての輝きはなかった。バスケットボールの選手としてはソコソコうまかったが、天才と言われた頃の切れは戻らなかった。

そして、二年生の夏が終わった頃、禅はバスケットを辞めていた。

「少し自分探しの旅に出たいんだ……」

禅は父親に頼んだ。父親も禅の苦しみが痛いほど分かっていた。だから、反対はしなかった。禅は大学を休学し、あてもなく世界一周の旅に出て行った。


それから二年ほどの年月が過ぎた頃、禅はふらっと日本に帰ってきた。自分を見つけるためと言って、出て行った海外だが、実際にはその土地、土地で遊んでは酒を飲み、金がなくなると父親に仕送りをしてもらう生活をしていた。さすがの父親もしびれを切らし、帰ってくるように命じた。

禅は現実から逃げたかった。バスケットを失った自分の記憶から、バスケットを消したかった。全く縁もゆかりもない人たちと酒を飲み、全てを忘れたかった。しかし飲めば飲むほど辛くなって行った……そして忘れたいという思いから、かつて輝いていた者が味わう屈辱……それに耐える自信が無かった……だから、日本には帰りたくなかった。


日本に帰ってくると、予想通りだった。

「おお、松本、久しぶりだな！　バスケット順調か？」

「禅、最近見なかったけど、バスケットで留学していたのか？」

知らないとは怖いもので、会う人会う人が、そんな質問を投げかけてきた。

「バスケット、辞めたんだ……」

禅は、そう笑顔で答えた。それが何より辛かった。大学でも、禅だけ時間が止まっていた。同級生たちは四年生になっていたが、禅は二年生のままだった。禅は、もう誰にも会いたくなかった。スターだった自分が、こんなになってしまった情けない姿を誰にも見せたくなかった。そして大学にも居場所は無くなり、そのまま休学した。すっかり、落ちぶれた禅に父親が言った。

「大学を辞めて会社を継ぐか？」

禅は、まだその気にはなれなかった。

「海外で見つけてきた物があって……会社をやりたいんだ」

父親は、そんな事をしても無理だと思った。しかし親バカと言うか、バスケットを失った禅に、最後のふん切りをつけさせるためにそれを了承した。

「ただし一年だけだぞ、一年で上手く行かなかったら諦めるんだ」

「分かったよ……」

禅は、父親と約束をした。

父親から借金をした禅は会社を立ち上げた。特に何かをやりたいという目標はなかった。ただ、まだ社会に出て、親の会社で働くという気持ちになれないだけだった。

海外で知り合った友人から現地の雑貨や小物を仕入れ、それを卸す会社を始めたが、特にそれを卸すルートもなければ、やる気もなかった。仕方ないので、商店街の外れで、それを売る小売店を始めた。しかし、ネットでたまに物が売れる程度で、客が来る訳もなく、ただ時間と金を浪費する毎日を送っていた。そして夜になると、また酒におぼれた。毎晩のように……そしてくだらない連中とつるんでいった。


禅は、いつものように行きつけのパブで、仲間二人と酒を飲んでいた。

「禅、吸うか?」

「ああ……」

禅は渡された煙草を吸った。それはマリファナだった。大学二年の秋に日本を飛び出した禅は、成人式も出席せず海外に居た。国によってはマリファナに甘い国もある。まだ若かった禅は、それを吸う事に抵抗は無かった。

「よう、禅じゃないか?」

「剛史！　くん……」

禅は振り返った。

「久しぶりだな」

「お久しぶりです」

剛史は、地元の一学年上の先輩で、番長の将太にくっ付いて粋がっていた、ろくでもない奴だ。禅は、面倒くさい奴に会ったと思った。

「元気か?」

「元気です」

剛史は、連れを一人連れていた。そして禅の周りに座る仲間を見回し、禅に視線を戻すと言った。

「一緒に座ってもいいか？」

禅は嫌だったが、断る理由が無かった。

「どうぞ」

剛史は偉そうに、禅に横に座ると、連れにも座るように促した。禅は、嫌な予感がした。それは剛史の良い噂を聞かなかったからだ。剛史は、将太がいた頃は、将太の顔色を見て大人しくしていた。将太は硬派だった。喧嘩はするが、それ以上の悪さはしなかった。だから、盗みや弱い者いじめをすると、そいつを殴った。剛史は、普段は将太にペコペコしていたが、将太が見ていない所では万引きをしたり、弱い者から金を巻き上げたりしていた。それが将太にばれた時はボコボコにされた。

その将太が中学を卒業すると、相撲部屋に入門し地元を離れた。その後は、剛史がデカイ顔をするようになった。他の仲間たちは、それぞれに仕事をし、大人になっていったが、剛史は、仕事をやっても続かず、相変わらずフラフラしていた。

「本当に、久しぶりだな、お前、今何をやっているんだ？」

「一応、大学生です」

それを聞いた剛史は、禅の連れを見て言った。

「大学生ってのは、こんな感じなのか？」

剛史は思い出したように言った。

「聞いたぜ、お前、商店街で店をやってんだろ?」

「ええ、まあ……」

「最近の大学生はすごいねぇ……って言うか、大学生をやった事がないから、良く分からねえけどな」

剛史はそう言うと笑った。

「そう言えばバスケ、まだやっているのか?」

禅は、嫌な奴に会った上、一番触れられたくない所に触れられた。

「いいえ、もう辞めたんです」

「え? 辞めたの?」

「ええ」

禅は、それ以上その話には触れてほしくなかった。しかし剛史は、相手の気持ちなど気にするような人間ではない。

「なんで辞めたんだよ」

「怪我をしたんで……」

「それは残念だったな、まあ、人生はそんなもんだよ、気にすんな」

「そうですね」

禅は思った。

〝こいつだけには言われたくない〞

「おまえ、将太を覚えているか?」

「もちろん覚えていますよ」

「あいつだって偉そうに横綱になるとか言っていたけどやっと幕下だぜ、どう考えたって横綱なんて無理なんだよ、もともと器じゃねえんだよ、お前もわかっただろ？　世の中そんなに甘くねえんだよ」

禅は、そう言って笑う剛史を見て思った。

〝世の中にはいろんな人間がいる、しかし、こいつほど自分の事を分かっていない奴はいない。そのくせ、人の事を悪く言うからたちが悪い〞

禅はそう思うと、急に気持ちが悪くなってきた。しかし、それが剛史のせいか酒のせいか？　それともマリファナが効いたのか？　よく分からなかった。

それから、剛史の自慢話が始まった。剛史の盛られた話は、そのほとんどが嘘だと分かるような武勇伝と自慢話だった。剛史は、その話の節々で、連れに同意を求めた。

「なあ、そうだろ？　俺が話を付けたんだよな」

「そうっスね、剛史さんのおかげっス」

それを聞いて剛史は、更に天狗になって話を続けた。その連れは十七、八歳か？　どう見ても未成年のガキだった。剛史は、気分がいいのかガキに言った。

「お前、飲んでねえな、もっと飲めよ！」

「オイッス、頂きます！」

そう言うと、そのガキは調子に乗って酒を飲んだ。

「おいおい、今日は吐くんじゃねえぞ！」

「オイッス！」

禅は、あまりのレベルの低さに嫌気がさした。禅は話の途中、わざと聞いた。

「そう言えば、将太くんは幕下ですか？　横綱はともかく、幕下でもすごいですね」

それまで、笑っていた剛史の顔から笑顔が消えた。

「どこがすごいんだよ？　幕下だぜ、幕下！」

「いや、相撲の世界で幕下まで行くのは、相当大変らしいですよ」

「お前バカか？　そんなもんトップを取らないと意味ねえんだよ！」

禅はイラっとした。

〝何かに打ち込み、努力をして頑張った事の無い奴が、良く偉そうに言えるな！　お前はトップを取った事があるのか？〟

禅は、そう思うと、まじまじと剛史の顔を見た。そして、こいつはとことんバカだと思った。そして、バカだからそんなセリフを吐けるんだと呆れかえった。禅は更に追い打ちをかけた。

「でも、将太君は強かったですよね、番長ですからね」

それを聞いて、剛史の顔が引きつり、マズイという顔になった。そして、チラリとガキの顔を見ると、怒りの表情に変わった。

「あ？　お前、何言ってんだ？　あいつはバカなだけだ、仕切っていたのは俺だぞ！」

「そうなんですか？」

禅は理解した。剛史が、つるんでいるガキたちに、自分が一番凄かったと吹いている事を……本当の事を言われて焦った剛史はまくし立てた。

「あいつはバカだからな、俺が抑えないとどうしようもない。お前も、将太に殴られた事があっただろう？」

「ええ、まあ……」

「あいつは、ただのバカだよ、バカ！」

禅は思った。

〝仕切っていたのは俺だぞ？　誰が見ても分かるような嘘をよく平気で言えるな！　こいつは本物のクソだな！〟


それから、三時間ほど過ぎた。

禅の連れは先に帰り、剛史の連れて来たガキは、トイレに入ったまま出てこなかった。

「剛史くん、連れは大丈夫ですか？」

「あ？　いつもの事だ」

禅は分かり切った事を、あえて聞いた。

「まだ、子供ですよね」

「中坊だからな」

「中学生!?」

剛史は、そう驚く禅を見て言った。

「何を驚いているんだよ、お前だって中坊の時から酒くらい飲んでいただろ？」

「え？　自分は飲んでないですよ、酒は大学に入ってからですよ」

「そうか？　お前は真面目なんだな……俺なんか小学生の時から親父の酒を盗み飲みしていたぜ」

剛史は、そう言って笑った。

「それより禅、何か金儲けしようぜ」

その言葉に、禅は反吐が出そうだった。

「そうですね」

「何か金儲けして、いろんな奴らを平伏させるんだ！　最高だろ？」

「……」

禅は思った。

〝努力もしないのに、金儲けをしたい？　こんなクズが生きている意味があるのか？〟

会計になると剛史は言った。

「社長、頼むぜ！」

禅は、全ての会計をした。そして店を出た。剛史は行きつけの店があるから、もう一軒付き合えと言ってきた。

禅は思った。

〝今日は災厄の日だ……〟

禅は、剛史と次の店に向かった。

それから剛史との付き合いが始まった。

禅は嫌だった。何が嫌かといえば、理由はいろいろとある……毎回飲み代を払わされていた事、嘘つきな事、勘違いしている事……言い出したら切りがない。つまり人間的に、生理的に嫌いだどいう事だった。しかし元々の人の良さと、慣れというのは恐ろしいもので、剛史の事を〝そういう人間なんだ〟と自分に言い聞かせ、割り切って付き合った。剛史は相変わらず定職につかず、いつも禅にたかっていた。剛史にとって禅は良い鴨だった。

その日も二人は、六本木の店で飲んでいた。

「禅、店はどうだ?」

「相変わらずですよ」

「何か儲かる仕事ないのか?」

「それは、僕が聞きたいですよ」

するど剛史は急に真面目な顔になった。そして身体を前に乗り出して、周りを見回すと小声で話し始めた。

「実はな、俺、面白い仕事してんだよ」

「………」

「まあ、そのうちにデカイ事をやるから、そうしたらお前にも儲けさせてやるよ」

剛史はそう言って笑った。禅はその笑顔を見て、胡散臭いと思った。

季節は春になり、禅と一緒に入学した仲間たちは卒業し、それぞれの道に巣立って行った。禅は、もはや勉強する気にはなれず、在学している意味も無かった。というよりも、バスケットで大学に入った禅が、バスケットを失った事で、大学にいる場所は無かった。そして禅は大学を辞めた。

禅は、六本木の外国人が集まるバーで剛史と飲んでいた。

「禅、大学を辞めたのか?」

「ええ」

「店はどうだ?」

「さすがに、もう限界ですね……親父も怒っています」

「そうか……」

肩を落とす禅に、剛史が吸っていたマリファナを渡した。禅はそれを受け取ると吸い込んだ。

「どうだ? 落ち着いたか?」

「ええ」

「お前にいい話があるんだ」

「いい話ですか?」

「そうだ、前にデカイ事をやるって言っただろ? これは、ビジネスチャンスだぞ!」

「ビジネスチャンス?」

禅は剛史の話では……?と思った。

「お前が、復活するチャンスだ」

「何をやるんですか？」

「今は言えないが悪いようにはしない……どうだ？」

禅は考えていた。

〝何の話か分からないのに、どうだと言われても……？〟

そう考え、黙っていると剛史が言った。

「大丈夫だ、何度も言うが、お前が復活するチャンスだぞ！」

〝話だけは聞いてみるか？〟

禅はそう思いうなずいた。

「分かりました」

「よし、じゃあ俺が段取りするから」

「宜しくお願いします」

二人は乾杯すると、ショットグラスに注がれた、テキーラを一気に飲み干した。そして、そのまま朝まで飲み明かした。


それから数日後、剛史から連絡が来た。

禅は、約束した外国人バーに行った。そこは外国人が溜まるバーで、音楽が大音量で流れている。店の中は人が多く溢れ、すし詰め状態だった。剛史は先に着いていた。禅は音楽のボリュームが大きく、聞こえにくい中、剛史に近づくと大声で言った。

「剛史くん、早いですね」

「よう禅、まあ飲めよ」

そう言うと剛史はバーテンダーにテキーラを頼んだ。二人はそれで乾杯すると一緒に飲み干した。

話を聞きたそうに待っている禅に、剛史がマリファナを渡した。禅がそれを吸ったのを確認すると、
剛史は話し始めた。

「俺の知り合いが、隠れてこれを栽培しているんだ」

「え⁉」

「だから、格安で手に入る。これで一緒に儲けようぜ」

「………」

禅は考えた。それ自体が犯罪である事も理解できた。

「それって、やばいんじゃないですか？」

「大丈夫だよ、裏サイトで売るから足はつかない」

「………」

「大丈夫だ。何かあったら俺がケツを持つ！　安心しろ！」

そう言った剛史の言葉が、余計に心配をあおった。

〝こいつがケツを持ったら終わりだろ〟

そう考え黙っていると、剛史が話し始めた。

「ネットのサイトの管理は俺がやるから大丈夫だ」

「じゃあ、俺は何をやればいいんですか？」

「お前は簡単だ、お前の店があるだろ、あそこに物を置いて取りに来たヤツに渡したり、顧客に荷物を発送したりしてくれればいいんだ。それだけで大金が入るんだぞ」

「……………」

禅は、今の自分が追い込まれている状況を考えていた。

〝しかし……？〟

しばらく考えていたが……テキーラとマリファナが、禅の思考能力を低下させていた。

「どうだ？」

禅は鈍る思考で考えた。

〝もう店も限界だ……何かをやる事も出来ない……これ以上、親にすがるのも限界だろう……〟

返事を迫る剛史に押され、禅はうなずいた。

「分かりました、やりましょう」

禅は〝それだけで金が入るなら〟という簡単な気持ちだった。


賢一は大学を首席で卒業した。そして警視庁に入った。警察官僚として、まさにエリートだった。

禅は、それを風の便りで聞いていた。

「賢一、お前は大した奴だよ」

子供の頃から運動神経が良く、クラスの中心的な存在だった禅。子供の頃から取りえが無く、根暗でイジメられていた賢一、それが今は……完全に逆転の人生を送っていた。人の人生は時に残酷だ。どこで歯車が狂い、明暗を分けたのか？

禅の彼女は、何度も禅に連絡をした。しかし、禅はそれを無視した。しつこく電話が鳴った。

「はい……」

「なんで連絡くれないの？」

「疲れて寝てたよ」

「会いたいよ……今日、会える？」

それを聞いて禅はうっとうしく思った。

「会いたいって、昨日も一緒だっただろ？」

「だって禅と、ずっと一緒に居たいんだもん」

彼女の容姿はソコソコだったが、性格は最悪だった。それに所詮ソコソコで……読者モデルをしているとかで、勘違いした女だ。禅は思い出していた。

〝高校時代に、こんな勘違いした、傲慢な女と付き合っていたな……〟

そんな事を考えながら、どうでもいいと思っていた。実際、その女以外にも二人と付き合っていた。だから絶対にマンションには入れなかった。それは付き合っている女たちも気付いていた。しかし、どの女も同じ考えだった。二枚目で背が高く、優しくて金回りの良い禅……その彼女でいたいという気持ちが先行していた。だから、その事に触れる女はいなかった。

禅は思っていた。

〝どいつもこいつも……容姿はソコソコだが、プライドばかり高くて、ろくな人間じゃない！〟

そう思うと、嫌気がさした。しかし、禅は気付いていなかった。華やかに生きてきた自分が、華やかな者を求めている事に……だから、女性の内に秘めた美しさには目も向けなかった。

禅の考え方はこうだった。

〝どんなに心が綺麗でも、外見が美しくなければ価値が無い！〟

それはまさに、華やかな世界で生きてきた、禅らしい考え方だった。そして、美しい女を見ると自分の物にしたかった。だから、そういう女を手に入れてきた。実際、そういう女たちが近づいて来た。

〝もっと良いモノを手に入れたい！〟

そんな衝動に駆られた。だから、そんな女しか集まらないのは当然の結果だった。

禅は満たされていなかった。容姿はソコソコだが、プライドが高く心が醜い女たち……そしてバスケットを失い、輝きを失った自分……誰と一緒に居たところで、満たされる事はなかった。

〝心を奪われるような女性に出会い、本当の恋をしたい！〟

そう思うようになっていった。

「今日は一人にしておいてくれないか？」

「他の女に会うんでしょ？」

本当にうっとうしかった。思わず切れてしまった。

「だったらどうなんだ？」

「……」

電話の向こうで彼女は泣いていた。

「私が悪かった、ごめんなさい……ゆるして……」

「じゃあ、切るよ」

「切らないで！」

禅は電話を切った。それから何度か電話が鳴ったが、禅はそれを無視した。禅はむしゃくしゃして、飲みに行く準備をした。

「今日は、誰と飲もうか……？」

そう呟くと、マンションを出て行った。


マリファナの売買は順調だった。裏サイトで暗号化した情報を出し、禅の店で物を売り買いする。店の売り上げはさっぱりだったが、マリファナの売り上げで禅と剛史は潤っていた。

「どうだ、禅？　こんなおいしい仕事は無いだろ？」

「本当ですね、真面目に働く事がバカバカしいですね」

そう言って笑った禅だが、心の中は不安だった。それはかつて、夢の為に日々努力していた自分が、今はただ漠然と生きている事への焦りだった。

〝努力しなくていいのか？　練習に行かなくていいのか？　いや、いいんだ……もう自分はバスケットを辞めたんだ！〟

そして、毎日自分に問いかけていた。

〝本当に、これでいいのか？　いや、これでいいんだ……世の中の多くの人が苦労して少ない金を稼いでいる。楽をして金を稼げるなら、それに越した事はない。それに欲しい人に欲しい物を売って何が悪いんだ？〟

そう正当化し、自分に言い聞かせた。

剛史が言った。

「なあ、もっと稼ぎたくないか？」

「え？　もう十分稼いでいるじゃないですか」

「お前、こんなはした金で満足しているのか？　もっとでっかく稼ぐんだよ。思いっきり稼いで、一気に金持ちだ！　もっと金が有れば、みんな媚びるぞ」

禅は、そんな事はどうでも良かった。

「でも、どうやって？」

「決まっているだろ、やばい奴らに、まとめて流すんだよ」

「やばい奴ら？」

「そうだ、やばい奴らだよ」

それを聞いた禅は黙り込んだ。そして、剛史が付き合っている人間を考えると、それが暴力団だという事は察しがついた。

「俺の知り合いに、この辺を仕切っている暴力団の幹部がいる。その人が悪いようにしないから、まとめて流さないかと言ってきているんだ」

「……」

「暴力団に知られた以上、シャバ代を払わないといけない。まさか警察に助けを求める訳にはいかないだろ？」

「確かに……」

〝暴力団が気付いているなら、警察が気付くのも時間の問題じゃないのか？〟

そう考えている禅に、剛史が言った。

「細かく売るより、一気に売った方がリスクも少ない、その方が楽だぜ」

確かに剛史の言う通りだと思った。

〝ネットで個人に売っても、どこで足が付くか分からない。しかし、まとめて、その筋に流せばリスクは軽減されるのではないか？〟

そう安易に考えた。

「今度、その人に会わせるから」

そう言って剛史は笑った。禅は黙ってうなずいた。

数日後、禅は剛史の知人という、暴力団幹部の男に会った。

禅と剛史が喫茶店で待っていると、その男は三十分ほど遅れて現れた。男は紺のスーツにノーネクタイ姿、背は小柄で髪を短く刈り込んでいた。年は三十代後半か？　一見サラリーマンという雰囲気だった。禅は驚いた。それは禅が描いていた、テレビのドラマや映画で見る、暴力団というイメージとは、まるで違っていたからだ。

「君が松本くん？」

「は、はい」

その男は竹田と名乗り、笑顔で話しかけてきた。しばらく世間話をしていると、剛史が切り出した。

「竹田さん。取引の件は大丈夫ですか？」

剛史が真面目な顔をして聞くと、竹田は笑顔で答えた。

「その件は、オヤジに話を通したから大丈夫だ」

「ありがとうございます！」

「それより、お前たちこそ大丈夫だろうな？」

そう言うと、竹田の目が鋭くなった。

「も、もちろんですよ」

「ガキの遊びじゃないんだぞ」

その顔を見た禅は怖くなった。それまでの笑顔で話をしている時は、優しそうなサラリーマンというイメージだったのが、今の顔は一八〇度変わっていた。それはまるで別人のように見えた。

「だ、大丈夫です、知っているのは俺とこいつ、あと栽培しているヤツだけです。そこも田舎の山間部で付近には誰もいません。それにビニールハウスで……」

竹田は、周りを見渡すと言い訳のように話す剛史を制止し、まるで黙れと言わんばかりに言った。

「もう分かった」

そして身体をテーブルに乗り出した。

「とにかく完璧にやるんだ、そして何が有っても、俺たちの関係は出すんじゃないぞ。お前たちが捕まっても俺は関係ない、それを忘れるな！　分かったな」

「分かりました……」

剛史はうなずいた。

そして、竹田は一台の携帯電話を渡してきた。

「いいか、連絡は全てこの電話でするんだ、そしてやばくなったら、この電話を水没させ、粉々にしてゴミとして捨てるんだ。燃えるごみの中に隠して捨てるんだぞ、分かったな」

「分かりました」

「ブツがそろった時だけ連絡しろ、それ以外は連絡するんじゃない」

「……」

「今から俺たちは知り合いではない、赤の他人だ。どこかで会っても、お互いに知らない振りをするんだ、分かったな」

「はい……」

剛史の返事を聞いた竹田は伝票に手をやり、それを掴むと立ち上がった。そして会計を済ませると、こちらには目も向けず、足早に出て行った。

禅と剛史は竹田の怖さに圧倒され、しばらく沈黙していた。

「禅、大丈夫か?」

「は、はい」

「これで万事上手く行く、全てが上手く行く……」

剛史は自分に言い聞かせるように呟いた。禅は不安な気持ちで一杯だった。その気持ちを消すように自分に言い聞かせた。

〝大丈夫だ、上手く行く、大金を手に入れたら止めればいい、そして復活するんだ!〟


その後、禅と剛史は、何度か取引をして数百万円の金を手に入れていた。

「どうだ! 禅、やったな!」

「ええ」

剛史の言う通り上手く行っていた。今は、ほとんど仕事をしなくても金が入って来る。そして毎日酒を飲み遊んでいる。何不自由なく、全てが上手く行っている。

しかし、禅は心配だった。それは、かつてバスケットで全て上手く行っていた自分が、全てを失った時の事が頭の中にあったからだ。バスケットを始めてから、自分の思うままにスターに昇って行った。しかし、一つの歯車がかみ合わなくなった時に全てを失った。それが禅の中にトラウマのようにあった。

「剛史君、いつまでやるんですか？」

「ん？」

「いつまでやるのかと思って……」

「どうしたんだ？　そんな不安そうな顔をして？」

「いや、何となく……です」

そう言って下を向いた禅に剛史は言った。

「このまま行けば、楽をして億を稼ぐのも夢ではない。大丈夫だ、心配するな、ネットで個人を相手にしていたら足が付くが、今は竹田さんが付いている、何も怖い物はない」

剛史は禅の肩を叩いた。禅は、昔の事を思い出していた。それは剛史が子供の頃、将太の力に守られて粋がっていた時の事だった。

〝子供の頃と、全く変わっていない〟

そう思いながら呟いた。

「そうですよね……」

禅は不安な気持ちを押し殺した。

〝真面目に頑張っても報われないヤツがいる。しかし、世の中には楽をして儲けているヤツがいる……どちらがいいのか？〟

禅は、やるせない気持ちになった。才能を持って生まれ、さらに努力をしたが、怪我をして終わってしまった。もし怪我をしなかったとしても……？　世界は広い、一流になれるという保証は何もない。しかし、今はどうだろう？　大した努力もせず、コネを使って少し動くだけで大金が入る。

〝頑張った奴が報われず、頑張らない奴が報われる……世の中はどうなっているのか？〟

その答えは禅自身、よく分からなかった。

〝楽をして稼げるなら、その方が良いのではないか？〟

そう自分に言い聞かせた。

竹田にまとめて物を流すようになってからは、ネットのサイトを削除し、個人販売を止めていた。

そんなある日、一人の男が店に現れた。

「すみません、葉っぱ……売ってもらえないですか？」

いつもは、ほとんど店を開けない禅だが、この日は空気の入れ替えをしようと店を開けていた。

その男は以前、二回ほどマリファナを買いに来た男だった。禅は面倒臭いと思った。

「もう売ってはいないんですよ」

「そうですか……」

男はうな垂れたが、それでもと顔を上げた。

「在庫は無いですか？」

マリファナはあった。数日後に竹田に渡す大量のマリファナが……しかし、それを売る訳にも行かない。禅は困った。

「本当に無いんですよ」

「そうですか……」

男は、またうな垂れた。

禅はその男が気の毒に思えた。禅は、ふと思い出した。昨日の夜吸っていた、吸いかけのマリファナがポケットの中にある事を……それをポケットから取り出した。

「吸いかけだけど、これで良ければ譲りますよ」

「本当ですか！」

「ええ」

男は嬉しそうな顔をし、ポケットに手を入れた。

「いくらですか？」

「いや、吸いかけだから、お金は要らないです」

人が良い禅は、そう断った。しかし、どうしても気持ちだけでも受け取ってほしいと頼まれたので、少額だが千円だけ受け取った。

その時だった！

「警察だ！　動くな！」

その声と同時に、数人の男か店の中になだれ込んできた。

禅は心の中で思った。

〝いつかこんな日が来る気がしていた……しかし、これが夢であってほしい……〟

そう願った。しかし……残念な事に、それは現実だった。

「松本禅だな、大麻取締法違反容疑で家宅捜査する！」

一人の中年男が、そう言うと一枚の紙を見せた。

「これが令状だ」

「……………」

禅は言葉を失った。そしてうつむくと肩を震わせた。

「う、う、う……」

涙が溢れ出て来た……その涙は床に落ちた。それがどんな涙なのか？　禅自身良く分からなかった。たたずんでいる禅の頭の中を今までの記憶が、走馬灯のように駆け巡った。バスケットで輝いていた頃……当てもなく海外をふらついていた頃……そして自分を見守ってくれている家族の事……涙は、ただ止めどなく溢れ出ていた。

それを見ていた刑事が、禅の肩を軽くたたいた。

「全部話してくれ」

禅は手で目元を拭うと顔を上げた。

「分かりました……」

刑事たちは、次々に物証を押さえていった。竹田に渡すためのマリファナの量は半端な量ではなかった。

「すごい量だな、どこかに流すのか？」

もちろん、その質問は誘導尋問だった。もはや警視庁は、その販売ルートを把握し内偵していた。

禅は隠し立てする事も無く、素直に捜査に協力した。捜査している刑事たちを見つめながら禅は考えていた。

〝これから、どうなってしまうのか？　家族の事、友人の事……そして、なぜこうなってしまったのか？〟

その答えは……？　華々しく輝いていた学生時代……しかし、バスケットを失ってから転がり落ちるように転落していった。

〝俺にはバスケしか無かった……〟

そう思うと、また涙が溢れ出てきた。冷静に考えると、今の禅の周りには、本当の友達はいなかった。友達と思っている、そのほとんどが禅と一緒にマリファナを扱う者か、その金に群がる者だった。昔はこうではなかった。バスケットに打ち込んでいる時は、その仲間たちと夢を語っていた。

「お前夢はあるのか？」

「俺は頑張ってプロリーグに行くよ」

「行けるのか？」

「まあな、もっと努力しないと……禅、お前はどうするんだ？」

「俺か？　そうだな……」

「お前ならアメリカでもやれるんじゃないか？　そう、アメリカのプロで！」

「アメリカのプロ？　それは無理だろ」

そう言って笑う禅に仲間が言った。

「お前ならやれると思うよ、お前は俺たちとは違う物を持っているからな、まあ、お互いにもっと努力して上を目指そう」

「そうだな」

昔は、そんな仲間たちと、練習に励んだ。

〝俺は何をやっているんだ……？〟

禅は自分が底辺に居るから、底辺に居る人間が集まってきている事に気が付かされた。それを一番感じさせたのが、剛史との付き合いだった。

〝あれほど嫌いで、ろくでもないと思っていた剛史と金儲けをしている〟

冷静に考えると当たり前の結果だと思えた。そして剛史を毛嫌いしていた賢一の事を思い出した。

〝賢一は、警察官僚、そして俺は犯罪者……賢一は、こんな俺をどう思うだろうか？〟

特に取りえの無かった賢一が、努力によってエリートに昇り詰めた。それもエリートの中でも超エリート、しかもそれは賢一自身が自分で切り開いた道だ。

〝あいつの才能はそれ程でもなかった。小学校の時も、特別勉強が出来た訳ではない〟

禅は分かっていた。賢一の努力は尋常でない努力だろう。それは幼い頃から賢一を一番近くで見ていた禅が一番分かっていた。

〝それに比べて俺はどうだろう？　あれほどの才能があったのに、周りからあれほど期待されていたのに……それなのに、今は転落人生……〟

禅はそう思うと呟いた。

「これじゃあ、本当にアリとキリギリスだな……」

それを聞いた刑事が禅に聞いた。

「何か言ったか?」

「いや、何でもありません……」

禅はそう言うとまっすぐに前を見つめた。そして思った。

〝アリとキリギリス、アリは努力して働き続け幸せになった。そしてキリギリスは遊んでいて終わった。しかし、俺はバスケットをやっている時、才能だけではなく人より努力もした。だからトップを取れた。キリギリスも遊んでいた訳ではない。これは天命だ。罪を償い、もう一度努力して今度はバスケットではない他の何かでトップになるんだ!〟

そう自分に言い聞かせた。

「誰も悪くはない……誰も……全て自分が悪いんだ……」

そう呟いた禅を、捜査員が黙って見つめていた。

復活への道

禅の捜査協力によって、組織の販売ルートは一掃された。

禅は主犯ではなかったが、剛史が罪を逃れるために主犯は禅だと証言した。禅は反論せず認め、全ての罪を被った。そして販売組織の中心人物とされ、実刑判決を受けた。初犯という事もあったのだが、大麻の量、暴力団組織との癒着、その資金源の調達、そして事件の主犯という事で、懲役二年八カ月を言い渡された。禅は塀の中で、もう一度自分を見つめ直し悔い改め、人生をリセットし、新しくやり直す決意を固めた。

そんな時だった。父が倒れたという知らせが届いた。元々不景気の煽りを受け、会社の経営が苦しかった。そんな中での、禅の逮捕が止めを刺した形となってしまった。何とか一命はとりとめたが、半身不随という重症だった。禅は親不孝をした事と、見舞いに行けない自分を責めた。

〝自分にできる事は何だ？　そして何をやるべきか？〟

それを考える時間は十分にあった。禅は出所したら父の会社を継いで、業績の悪化を立て直し、親孝行しようと考えた。元々禅は真面目だった。ただのお人好しで世間知らず、そして頼まれると断れない性格で人を信じやすい……それだけだった。

禅は、毎日真面目に淡々と刑務作業をし、時間はあっという間に過ぎて行った。

そして時は巡り、出所の日を迎えた。

禅は自宅に帰ると、ベッドに寝ている父を見舞った。

「父さん、すまなかった……」

禅は涙を流した。それを見ていた父は、障害の残っている口で言葉を振り絞った。

「もう……いい……良く戻って……来た……」

父親はそう言うと、涙を流し、動く左手で目を覆った。それを見た禅は下を向くと、もう一度詫びた。

「本当に、すまない……」

そしてしばらく静寂が続いた。しばらくすると禅は父に、会社を立て直す決意を語り、父もそれにうなずいた。父の部屋を出ると、リビングにいる母と妹の所に向かった。

「母さん、咲……本当にすまなかった」

母親は涙を流した。

「もう終わった事はいいわ……お父さんの分まで頑張って……」

そう言うと涙を拭いた。それを見ていた妹の咲は、一緒に涙を流したが、何も語らなかった。家族に対する申し訳なさが、さらに会社を立て直す決意を固めさせた。

〝必ず、家族に恩を返す！〟

そして二人に深々と頭を下げるとリビングを出て行った。

「お兄ちゃん、大丈夫かな？」

禅より二歳年下の妹の咲は、中学一年生の時、三年生に禅がいた。その頃の禅は学校でヒーローだった。彼女の中の兄のイメージは、学校中の誰もがうらやむ、スターだった頃のイメージだった。その兄が転落していく姿は、見るに堪えないものがあった。母は呟いた。

「あの子は大丈夫、学生時代も誰よりも努力していたから……」

母は禅が、学生時代バスケットで、人より努力していた事を一番理解していた。だからそう言い切れた。


次の日、禅は父の会社の従業員たちの前に立っていた。そして社長である父が倒れた事、自分の犯した罪の事、全てを話し、それを悔い改め会社を立て直す決意を語った。

「新社長、頑張りましょう！」

「私たちも頑張りますから！」

従業員たちは、新社長の禅を温かく迎え入れてくれた。禅は思わず涙を流した。

「みんな、ありがとう、ありがとうございます」

そう言って頭を下げた。

禅は父が座っていた社長の椅子に座ると書類に目を通した。会社の業績は最悪だった。父が倒れてから、会社を引っ張って行くという人間がいなかった。それは、会社の体制にあった。前社長であった父が、古くから付き合いのある会社とのつながりを大切にし、固い絆の下で会社を賄ってきた。そんな父の口癖はこうだった。

「従業員は家族同然、みんなを食べさせていくのが社長の務め！」

そんな父の気持ちを従業員の大半が理解していたのだが、中には、それに甘んじて、ぬるま湯につかっている奴もいた。

「専務、どうですか?」

「何がですか?」

「会社の業績の悪化の事です。どう考えられます?」

「まあ、不景気ですからね……仕方ないかと」

「仕方ないでは会社が潰れてしまいます」

「そうですよね……」

禅は、他人事のように言う専務を見て、こいつに頼っていてはダメだと確信した。

「明日から、自分が営業に出ます」

それまで、話を聞いているのか、いないのか?という感じだった専務が驚いた顔をした。

「え? 社長がですか?」

「そうです、昔からの付き合いだけでは今の業績を回復させるのは難しい。新規開拓が必要です。先はどうなるか分かりませんが、軌道に乗ったら営業部を新設しようと思います」

「営業部ですか?」

「そうです、不景気だからと言って、待っていては何も変わりません。それどころか、このままでは会社が持ちません」

「そうですね……」

「父は、従業員の方々を家族と言っていました。その意志を継いで、私は家族を守らなければなりません。専務、留守は任せますので、宜しくお願いします！」

そう言って頭を下げる禅を見て、専務は恐縮した。


禅は、次の日から営業に出た。

初めに、父の時代から付き合いのある会社に挨拶に出向いた。そして父が病気で倒れた事、自分が引き継いで社長になった事を伝えた。

「お父さんとは付き合いが長い、そしてキミの事も子供の頃から良く知っている。頑張って会社を立て直してくれ」

「社長、いろいろとすみません」

業績の悪化により、支払いを待ってもらっている会社もあったが、ほとんどの会社が、会社を引き継いだ禅に温かい言葉を掛けてくれた。そして、もちろん禅が罪を犯した事を知っていたが、それに触れるものはいなかった。禅は感謝の気持ちで一杯だった。その感謝の気持ちは父に向けたものだった。

〝父が長年培ってきたものがここにある〟

そう思うと禅は気持ちを新たにし、新規開拓の為の営業に出た。

禅はまるで修行僧のようだった。何かに取り付かれたように、毎日毎日歩き続けた。その靴底は十日も歩くと、すり減り壊れた。そして禅は、忘れていたものを思い出した。

それは、あのバスケットに賭けていた時の熱い気持ちだった。

「俺は何をやっていたんだ？」

そう自分に問いかけた。

それは、バスケットをやっていた時も同じだった。シュートが入らないと〝なぜ入らないのか？〟と考え続け、納得するまでシュートを打ち続ける……その練習量は、当時の誰も真似をする事は出来なかった。それが才能と重なり、禅はスター選手に昇り詰めたのだ。

〝努力は報われる！〟

それだけを信じて、ただがむしゃらに働いた。そして元々人が良く、人当たりがいい禅に営業は向いていた。その熱意は相手の企業に伝わった。そして下請けの仕事を増やしていった。

「社長！　新しい取引先が決まりました」

「そうですか！」

率先して頑張っている禅を見て、従業員の士気も上がっていった。それに伴うように、業績も上がっていった。


それから半年もすると、従業員の数は倍になり、業績は父親から引き継いだ時の十倍になっていた。

禅は幸せだった。仕事に生きがいを見つけ、最高に充実していた。その数日後、それを見届けるように父親は息を引き取った。禅は、父親の寿命を縮めたのは自分のせいだと自分を責めた。

「父さん、すまない……本当にすまない……」

そう言って涙を流すと、会社を大きくすることが最高の供養だと自分に言い聞かせ、前を向いた。

禅は念願だった営業部を創設した。将来的に自分が別の業務を行うために、営業担当を育てる為だった。実際、禅ほどではないが、ソコソコの営業担当がいた。会社は軌道に乗っていった。

しかし、それを面白くないと思う者もいた。専務は父の時代から父を支え、二人三脚でやってきたと思っていた。だから、会社を支えてきたのは自分だと思っていたからだ。しかし、それは専務の勘違いだった。支えたとは言っても、父に、ただくっ付いてきただけで、その恩恵を受けて来たに過ぎなかった。本来であれば、社長の代役は専務だ。社長が倒れて、次の社長には当然自分がなるだろう……そう思っていた。しかし、ろくに仕事もしたことが無い刑務所帰りのボンボンが、いきなり社長になって業績を上げた。専務にとって、これほど面白くない事は無かった。

所詮、仕事が出来ない奴のやっかみではあるが、社長が倒れた後に業績が悪化し、自分が大した仕事をしていない事が露呈した時に禅が社長になった。そして業績が上がったので、専務の立場は無くなってしまった。

「社長、少し急激に取引先を増やし過ぎでは？」

「専務、赤字を埋めるためには仕方ないんですよ」

「しかし生産ラインが追いつきませんよ」

禅は、専務の言う事も理解できた。しかし、今は踏ん張り時と思っていた。

「専務、そこを何とかお願いしますよ、専務のお力で」

専務は呆れた顔で、黙って首を振った。それを見た禅は頭を下げた。

「親父亡き後、専務だけが頼りです、宜しくお願いします！」

専務は、禅のその気迫に押されて呟いた。

「分かりました。何とかしてみます」

「ありがとうございます！」

禅はそう言うと、専務の手を両手で握りしめた。専務はため息をつくと、社長室を出て行った。


月日の経つのは早いもので、父の死から一年ほど過ぎ、一周忌を終えたある日、禅の元を賢一が訪ねてきた。賢一は大学を卒業すると、警察官僚、いわゆるキャリアだった為、一度地方の県警に配属されていた。それから数年……昇級し、今度は警視庁捜査第二課に配属された。

「久しぶりだな」

「ああ、久しぶりだ」

二人はお互いの風貌の変化に驚いた。禅は身長が一八五・六センチ、身体は昔の細さに筋肉が付き、がっしりした感じだった。顔は相変わらず二枚目だったが、苦労をしたのか、年齢の割には少し老けて見えた。賢一の方は、身長が一七二・三センチでがっちりした体格になっていた。短髪に決められた髪型とビシッと着こなしたスーツ、そして頭の切れそうな顔がいかにも優秀な国家公務員という感じだった。禅は賢一の変化に驚いた。

「随分雰囲気が変わったな、何か運動をやっているのか？」

「いや、特には……健康の為にスポーツジムに通っているくらいだよ」

「そうか……」

「そんな事より、親父さんの事聞いたよ、何で連絡をくれなかったんだ？」

禅は下を向くと、黙り込んだ。

「どうしたんだ？」

「いや……お前も知っている通り、俺は前科者だからな……警察官僚のお前には迷惑を掛けたくないから……」

それを聞いて、賢一の表情が変わった。

「お前、何言っているんだ？　それとこれとは話は別だろ！」

また、黙って下を向いた禅に賢一は言った。

「お前、忘れたのか？　俺たちは兄弟以上だろ、それは立場が変わっても変わらない、そうだろ？　それにお前は罪を償った。そして今は、親父さんの会社をここまで大きくしたんだから……親父さんもお前を許し、今は感謝しているよ」

賢一は、そう言って微笑むと禅の肩を叩いた。

「ありがとう……」

賢一の変わらない優しい言葉に、禅は涙が溢れ出てきた。下を向いた禅を見て賢一が言った。

「どうだ、飲みに行かないか？」

その賢一の誘いに禅は戸惑った。なぜなら出所して以来、酒は一滴も飲んでいなかった。ただがむしゃらに仕事だけに打ち込んできたからだ。

「でも、まだ俺は……」

「たまには気晴らしも必要だぞ、それとも兄弟以上の酒は飲めないのか？」

禅は悩んでいた。

「お前の新しい門出を祝わせてくれ」

賢一のその言葉に禅は顔を上げた。

「賢一、本当にありがとう……」

「じゃあ、決まりだな！」

そう言って笑う賢一を見て、禅は感謝の気持ちで一杯だった。その笑顔は、子供の頃一緒に遊んでいた時の笑顔だった。その笑顔は、無邪気に遊んでいたあの頃と何も変わっていなかった。ただがむしゃらに走り続けてきた禅にとって、その笑顔は安らぎを与えてくれた。嬉しかった……ただ嬉しかった……禅は思わず下を向き、また涙を流した。


賢一は、警視庁の一室に呼ばれた。

ドアをノックし、中に入ると深々とお辞儀をした。

「失礼します」

そして直ると敬礼をした。

「刑事部長、お呼びでしょうか？」

刑事部長は、椅子に座ったまま、窓の外を眺めていた。

「キミが警視庁に戻ってから一年か……」

「はい」

刑事部長は、椅子を回すと賢一を見つめた。

「どうだね？　県警とは違うかね？」

「そうですね……多少の違いはありますが、やる事は同じですから」

それを聞いて、刑事部長は苦笑した。

「キミらしい答えだ」

警視庁本部と県警では明らかに仕事量やスピード感が違う。しかし、それを淡々と答えた賢一に思わず笑わずにはいられなかったからだ。

「県警本部長と私は同期なのは知っているね？」

「もちろんです」

「県警本部長から聞いた通りの働きだよ」

「いえいえ、買いかぶりすぎです。全ては、刑事部長のお力添えがあってこそですから」

刑事部長は、それを聞いて、また苦笑した。

賢一は、一年前に県警の刑事課から、警視庁本部の捜査第二課に配属されていた。

刑事部長の思惑……。

〝日本でトップの国立大学法学部を首席で卒業した森下賢一、この男はただの秀才ではない。人を見抜く洞察力と直観力、そして長けた判断力……この男は必ず私の出世を後押しするだろう……〟

それは、県警本部での事件解決の実績、そして警視庁に戻ってからの活躍……それは、ノンキャリアを見返す事が出来る者だと考えていた。しかし、ノンキャリアがキャリアを妬んでいる訳ではない。ただ多くのノンキャリアが思う事……。

〝キャリアは現場を知らない……短い時間で、当たり障りなく出世していくだけだ！〟

刑事部長は、そのノンキャリアの叩き上げ連中を、賢一が黙らせることが出来ると考えていた。

「私はキミに期待しているんだ」

刑事部長は、椅子から立ち上がると賢一に歩み寄った。そして肩を叩くと言った。

「キミは私の直属だ。この調子で頑張ってくれたまえ」

「はい」

「キミの活躍は、私の活躍でもある……分かるね？」

「もちろんです。何度も言いますが、私は刑事部長有っての私です」

それを聞いて、刑事部長は微笑んだ。

「しかし、まさか捜査二課を希望するとは……私は捜査一課で頑張ってもらいたかったのだが……」

「何事も経験が大事だと思っています。刑事として多くの経験を積むことで、さらに刑事部長のために働けると信じています」

「そうだな、優秀なキミの事だ、どこに行っても関係はないな」

「いえ、自分はそれほどの人間ではありません。所詮、努力しか出来ない人間です」

それを聞いて、刑事部長は苦笑した。

「頑張ってくれたまえ」

「ご期待に応えられるよう頑張ります」

賢一は、そう言って頭を下げ、敬礼すると刑事部長の部屋を後にした。

賢一は歩きながら思った。

〝これからが夢を叶える時……そう、その時がやって来た〟

そう思い、笑みを浮かべると捜査第二課に戻って行った。

運命の出逢い

六本木で待ち合わせた二人は、焼鳥屋に向かった。

「旨いって有名な焼鳥屋を予約しておいたよ、どうしても、お前に食べさせたくてな……そこの焼鳥は本当に旨いんだ。焼いている店長が無愛想だけど、焼鳥一筋の人生って感じだからな」

「よく行くのか？」

「いや、たまに上司に連れて行ってもらうだけだよ。俺の安月給じゃ、なかなか行けないよ」

そう言って笑う賢一を見て禅は、少年時代と同じ安らぎを感じていた。

焼鳥屋に入りカウンターの奥の席に座ると、賢一が焼鳥を焼いている店長に挨拶をした。店長は無愛想に挨拶をした。

賢一は言った。

「普段は、奥の座敷に座るんだけどな」

そう言って笑うと、いつものというコース料理を頼んだ。そして運ばれて来た生ビールで乾杯した。

賢一は考えながら言った。

「良く考えたら、お前と飲むのは初めてじゃないか？」

「確かにそうだな」

「子供の頃が懐かしいな……」

「ああ……」

二人は子供の頃を思い出していた。

「お前と遊んでいた子供の頃が、ついこの間のように思えるよ」

「そうだな……」

禅は賢一に聞いた。

「賢一……本当に、迷惑じゃないのか？」

「何がだ？」

「お前、警察官僚なんだろ？」

「それがどうした？」

「だから……前科者の俺と飲んでいて……」

「そんなの関係ないだろ？」

そう笑い飛ばした賢一の笑顔に嘘は無かった。

「でも凄いな……官僚って調べてみたけど、将来は警視総監か警察庁長官か？」

それを聞いて賢一は笑った。

「そんな事ないよ……お前、日本中に警察官が何人居ると思っているんだ？　警視庁だけで四万七千人弱だぞ、その中でのトップになれる訳ないだろ？　それこそ、総理大臣になるより難しいかもしれないぞ」

「そうなのか？」

「いずれ、出世レースの中で脱落していくんだよ……そして脱落したら、どこかに天下るしか道は無い……確約は無いからな、厳しい世界だよ……脱落したら、ただの働きアリさ……頂点にならないと、女王アリにならないとな……」

そう呟く賢一を見て、禅はもう一度聞いた。

「本当に迷惑じゃないのか？」

「だから、何がだよ」

「つまり……俺みたいな前科者と付き合っていては出世に……」

「お前、何言っているんだ？　忘れたい訳じゃないだろ、俺たちは兄弟以上だって事を？」

「………」

黙ったまま下を向いている禅に賢一は言った。

「まあ、それで出世できないなら、こっちから辞めてやるよ！」

それを聞いて禅は顔を上げた。

「それに俺は新米の警察官だぜ、ただの下端だ、出世街道に居る訳でもない」

そう言うと賢一は笑った。

しかし、それは嘘だった。賢一は正真正銘キャリアで官僚だった。これからの働き次第では警察の世界で、頂点に昇り詰める可能性が十分あった。その嘘は、禅に対しての優しさだった。そして今まで通りの付き合いでいるための……。

「賢一……」

禅は涙ぐんだ。出所してから自分を責め、誰にも気持ちを打ち明ける事も無く、仕事に没頭して来た。そんな禅を、そこまで気遣ってくれるのは賢一だけだった。もちろん母や妹も気遣ってくれる。しかし、二人の前で弱さを見せる事は出来なかった。

「最近、涙もろくなったのかな？」

そういい訳をする禅を、賢一は黙って見つめていた。

「もうそんなしょぼくれた話はやめよう。今日はお前の再出発のお祝いなんだからな」

そう言って賢一は、生ビールのグラスを手に取った。禅も、つられるようにグラスを持つと、もう一度乾杯した。二人は懐かしむように、昔話をしながら飲み明かした。禅は思った。

〝こんなに楽しい気持ちになったのは、何年ぶりだろう？〟

考えてみるとバスケットで挫折してから、この数年、心から楽しい事はなかった。マリファナを売っている時も、金はあったが酒におぼれ、常にいつ捕まるか？という恐怖心があった。そして実際に捕まった。禅はしみじみ幸せを感じていた。久しぶりの酒はうまかった。そして酔いが回るのも早かった。

「なあ賢一、俺は中学生の時まで、お前と一緒だった。特に小学校の頃は親兄弟よりお前と一緒だった気がする……」

「ああ、俺もそう思うよ」

「高校から大学、そして今日までいろんな人間がいたよ……バスケットをやっている頃は、多くの人が集まって来て俺を持ち上げた。そして親友だとか言って楽しく遊んだのに、俺が落ちぶれたら誰もいなくなった。そして、落ちぶれれば落ちぶれたで、落ちぶれた奴らが群がって来る。結局、誰もいなくなったよ……そして、全てを失った時、声を掛けてくれたのはお前だけだ」

「……」

「不思議だよな、長い間お前とは距離があったのに、俺の記憶の中で、親友と思えるのはお前だけなんだ……今も記憶の中で、お前と楽しく遊んでいた記憶が蘇るんだからな……」

賢一は、禅の顔を真剣に見つめた。

「俺も同じさ」

その言葉に禅は顔を上げ、賢一を見つめた。

「いや、少し違うかな？　お前の周りには人が集まる。それはお前が社交的な性格だからだろう。でも俺は違う。俺の周りには人はいない。高校も大学も周りにいるのはライバルで敵だと思って来たからな、それは社会に出ても同じさ、上にのし上がる為には、周りを蹴落としていかなければいけない。だから俺は人に心を許さない。俺の周りに仲間はいないんだ。だから俺の親友は今も昔もお前ひとりだ」

賢一は、そう言うと微笑んだ。

「なあ禅、もう一軒付き合ってくれよ」

「え、俺はもう結構酔っ払っているぜ」

「軽くだから、な」

「わかったよ」

賢一は店長に会計を頼んだ。

「今日は俺におごらせてくれ」

　禅は黙ってうなずいた。


　店を出ると賢一に先導され歩いて行った。しばらく行くと細い路地を曲がって行った。数十メートル行った所にある雑居ビル。二人は、そこに入って行った。そしてエレベーターに乗り込んだ。

「賢一、今日は、ありがとう」

「何を言っているんだ、水臭いぞ」

「お前と出会えた事に感謝しているんだ」

「おいおい、今さらか？」

　そう言って笑う賢一に禅は頭を下げた。

　エレベーターから降りると、飲み屋らしい店が数軒連なっていた。賢一は、その中の一軒の扉を開けた。中から声が響いた。

「いらっしゃいませ」

　賢一は挨拶すると中に入って行った。禅も後からついて行った。店の中に入ると驚いた。外からは想像できないような豪華さだった。左には大理石風のカウンターに皮の椅子が十席ほど、右にはホテルの高級バーにあるような革張りのソファーが四、五席ほどあった。

　その真ん中に広がる御影石の床の上を、お店のママらしい女性が歩いて来た。三十代半ば過ぎ位か？長く伸ばした髪を、少し明るく染め巻いていた。そして、そのタイトな服装は、グラマーな身体を浮かび上がらせていた。顔は整っていたが、色気の方が強く、美人というよりも、男を魅了するタイプだった。

「森下くん、いらっしゃい。今日はお二人?」

「ママ、今日は僕の親友を連れて来たんだ」

それを聞いたママは、カウンターに置かれた名刺入れを取ると、名刺を一枚、禅に差し出した。

「ようこそ、ゆっくりしていってください」

ママはそう挨拶すると、店の奥のソファー席に案内した。禅は賢一に促されてソファーに座った。

そして賢一も隣に座った。禅は、店の豪華さに落ち着かなかった。

「いらっしゃいませ」

ボーイがおしぼりを渡しながら、飲み物を聞いてきた。

賢一は手を拭きながら、ボーイを見た。

「ボトル、有る?」

「ございます」

「それを水割りで」

「かしこまりました」

ボーイは挨拶をすると、カウンターへ向かった。ボーイが渡してきたおしぼりで手を拭きながら、

禅は賢一に尋ねた。

「よく来るのか?」

「まさか、俺の安月給じゃ来られないよ」

「そうなのか？」

ママやボーイの接し方、それにボトルも置いている。常連に見えたのだが？　禅がそう不思議に思っていると、賢一が小声で言った。

「実はここ、上司のお気に入りの店なんだ。それで何回か連れてきてもらった事があるんだよ。上司が変な所で飲むなら、ここで飲めって、ボトルを入れてくれているんだ。最近、警察官の不祥事が多いだろ？　ここは会員制だから変な客は来ない」

「そう言う事か」

禅は納得した。将来ある有能なキャリアを、不祥事で失いたくないという、警察組織の思惑がうかがえた。ボーイが、今では手に入りにくい、国産ウイスキーのビンテージボトルを運んできた。そして、水割りを二つ作り終えた頃、ママが店の奥のカーテンの中から、一人の若い女性を連れて来た。

「紹介します。シェリールちゃんよ」

そう紹介されたシェリールは笑顔を見せた。

「初めまして、シェリールです。宜しくお願いします」

ママは禅と賢一の間にシェリールを座らせた。

シェリールは背が高くスレンダーで清純そうに見えた。髪の毛はブラウンで肩より長く、顔は小顔で、白人のような美人だった。席まで歩いて来た時の真面目な顔は、ドキッとするほど美しかった。しかし、横に座り笑った時の笑顔は、心の底から癒されるほど可愛かった。

今まで、ソコソコの美しい女性と付き合ってきた禅だが、彼女を見た時、今までの過去の女性たちを、全て忘れてしまうような衝撃を受けた。恐らく彼女は、禅の理想のタイプだったのだろう。

禅は数秒間で、人生で初めて一目ぼれをした。そしてそれは、今までしてきた恋愛が、恋愛ではない事に気づいた瞬間だった。

「お名前は？」

「……」

ボーっとしている禅を賢一が覗き込んだ。

「おい、大丈夫か？」

「え？　あ、ああ」

我に返った禅がシェリールに聞き返した。

「何でしたっけ？」

シェリールは微笑んだ。

「お名前を……」

「ああ、名前ですね……松本禅、禅です」

「ぜん？」

「あ、座禅の禅と書いて禅です」

「え、凄い名前ですね」

「いや、名前は禅ですけど、煩悩の塊みたいな人間で……名前負けしています」

そう恥ずかしそうに言った禅を見てシェリールは笑った。

「面白い人……」

その次元が違う笑顔は、さらに禅の心を引きつけた。シェリールに見とれている禅を尻目に、賢一が聞いた。

「何か飲む？」

「じゃあ、水割りを」

そのやり取りを見て、禅は我に返った。

それから、禅とシェリールは楽しそうに話していた。そのやり取りを賢一は見て見ぬふりをし、ママと世間話をしていた。

禅は心から楽しかった。

〝こんなに楽しいのは何年ぶりだろう……？〟

有名女子大学に通うというシェリールは、禅の理想の女性だった。ヨーロッパ人とハーフだという、そのすました顔はドキッとするほど美しかった。しかし、その顔とは裏腹に、笑顔は心のそこから癒されるほど可愛かった。そして、まだ会ったばかりなのに、人の良さと純粋さが伝わって来た。

禅は心の中で叫んだ。

〝こんな女性に出会いたかったんだ！〟

禅は完全にシェリールに心を奪われていた。

「二人はどういう関係ですか？」

シェリールのその質問に、禅と賢一は顔を見合わせた。禅はシェリールを見ると、恥ずかしそうに言った。

「どういう関係？　そうですね……アリとキリギリスです」

そう真面目な顔をして言った禅の言葉に、シェリールは不思議そうな顔をした。

「アリとキリギリス？」

禅と賢一は顔を見合わせると笑った。禅は舞い上がっていた。そして話を続けた。

「いや、二人のライフスタイルがそんな感じです」

「ライフスタイルですか？」

「こいつがアリのように真面目で勤勉で、自分はキリギリスのように華やかに生きていたという……」

「生きていた？　もう死んだみたいな言い方ですね」

シェリールはそう言うと微笑んだ。それを聞いて禅の顔が曇った。

「まあ、昔は華やかだったって事ですよ……」

シェリールは、聞いてはいけない事を聞いてしまった気がした。そこに賢一が割って入って来た。

「こいつは、華やかな方が似合っているんですよ。ほら、見た目もいい男でしょ？　昔の話はともかく、また違った意味で輝いていますから……それに比べて俺なんか、地味で取りえが無くて……だからアリとキリギリスなんですよ、な、そうだろ？」

賢一の問いかけに、我に返った禅が答えた。

「あ、ああ……」

それを見ていたシェリールは気まずくなった。

「そうなんですか……」

賢一は空気を換えようと、笑顔を作った。

「それはともかく、二人の関係は兄弟以上です、そうだよな！」

「あ、ああ、そうです」

「兄弟以上？　すごいですね！　仲がいいんですね」

そう言われて、禅と賢一は顔を見合わせると、照れ笑いをした。賢一はグラスを手にした。

「まあ、今日は飲もうぜ！」

「そうだな」

そして、もう一度みんなで乾杯した。

禅はシェリールの事が気になった。

「ところで、何処の女子大学に行っているんですか？」

禅の質問にシェリールは微笑んだ。

「それは……秘密です」

「そう……」

シェリールの笑顔にはぐらかされて、それ以上は聞けなかった。

禅は時間を忘れて楽しく飲んでいた。

「禅、そろそろ帰ろう」

「え!?」

時計を見ると、店に来てから二時間が経っていた。しかし禅は帰りたくなかった。

「もう少しいようぜ、金なら俺が出すから頼むよ」

そう真剣に言う禅の頼みを、賢一は断る事は出来なかった。

「しょうがないなあ……じゃあ、あと一時間だけだぞ」

「ああ……」

禅は、閉店までいたかった。しかし、楽しい時間はあっと言う間だった。禅は酔っ払った勢いで、勇気を出して言った。

「今度、食事に行きませんか?」

「ええ、ぜひ」

禅は酔いが覚めるほど驚いた。

「え? 本当ですか?」

「はい」

「………」

ポカンとしている禅に、シェリールは聞いた。

「どうかしました?」

「い、いいえ……嬉しくて……」

「え？」

シェリールは、クスリと笑った。そして禅とシェリールは連絡先を交換した。

会計は賢一がした。禅は長くいたので自分が払うと言ったが、賢一が払わせなかった。

「今日はお前のお祝いだから、俺に出させてくれ」

「安月給なのに申し訳ない」

「バカにしやがって！　まあ、本当の事だけどな」

賢一は、そう言うと笑った。

ママとシェリールが、エレベーター前まで見送りに来た。禅はシェリールの笑顔を見ていると、本当に帰りたくなくなった。二人に別れを言って、エレベーターに乗り込むと賢一が言った。

「お前、あの娘に惚れたのか？」

禅はドキッとした。

「いや、それほどでも……」

その嘘は賢一には通用しなかった。

「好きになるのは勝手だけど、ほどほどにしておけよ」

「ああ、分かっているよ」

二人は、それ以上何も言わなかった。外に出ると禅は賢一に礼を言った。

「今日は、本当にありがとう、楽しかったよ」

「何を言っているんだ、親友だろ？　いや違ったな、兄弟以上だったな」

そう言って笑う賢一を見て、禅はまた涙ぐんだ。

「そうだな」

タクシーを捕まえ、乗り込もうとした禅が賢一に言った。

「タクシー代を出すから、お前もタクシーで帰れよ」

「いや、お前は社長、俺はしがない公務員……電車で帰るよ」

そう言うと笑いながら手を振った。

「お前、昔のままだな」

「お前もな」

二人は笑いながら別れた。禅は、賢一への感謝の気持ちで一杯だった。


次の日の昼、目が覚めた禅は二日酔いだった。久しぶりの酒が効いたのもあったが、彼女の魅力がさらに酒を進めた。

「うっ、気持ち悪い……」

思わず吐き気を催した禅は、トイレに駆け込んだ。そしてトイレの便器を抱えながら思った。

〝今日が日曜日で良かった〟

トイレを出るとキッチンに行き、冷蔵庫からペットボトル水を取り出した。そして、それを一気に飲み干した。禅はフラフラしながら再びベッドに倒れ込んだ。

それから四時間ほど時間が過ぎた頃、禅は目を覚ました。

「ああ、酷い二日酔いだった……」

やっと酒が抜けてきた禅は、そう呟くとシャワーを浴びに行った。シャワーを浴びて出てきた禅は、テーブルの上のスマホを手に取った。着信メールの中にシェリールからのメールがあった。

〝昨日はありがとうございました。お会い出来て良かったです。また会える日を楽しみにしています〟

そのメールを見た禅は、昨日の楽しい時間が蘇った。禅は急いでメールを返した。

〝今度の出勤の時、食事をして同伴させてください！〟

そうメールを送ると返信を待った……返信を待つ時間が長く感じられた。禅はイライラしていた。時間を見るとメールを送って三分しか経っていなかった。しかし、それはまるで十時間位メールが返って来ないように感じた。

その時メールの着信音が鳴った。禅は慌ててスマホを手に取った。それは賢一からだった。

〝昨日は楽しかったよ、これからも宜しくな〟

禅はガッカリした。

「なんなんだ……」

もちろん、賢一からのメールは嬉しかった。しかし今は、シェリールからのメールを待っていた。禅は気を紛らわすために、テレビをつけた。特に何かを見ている訳でもなく、ただチャンネルを変えていた。

「つまらないな……」

そう呟いたが、実際、何をやっていても見る気はなかった。

どの位の時間が過ぎたのだろう？　外は薄暗くなっていた。そして、待ちに待っていたメールが来た。

〝本当ですか！　嬉しいです。明日出勤ですけど……お仕事お忙しいでしょうから、無理しなくても大丈夫ですよ〟

そのメールが、負けず嫌いの禅の気持ちに火を点けた。

〝大丈夫ですよ！　君の為なら、どんなに忙しくても会いに行きます！〟

〝そんな事言って頂いて嬉しいです〟

〝何時出勤ですか？〟

〝二十時です〟

〝じゃあ、十八時くらいに待ち合わせしましょう〟

〝宜しくお願いします〟

〝レストランでも予約しておきます！〟

〝明日、お会い出来るのを楽しみにしています〟

〝僕もです！〟

禅は、メールをし終えると、思わず叫んだ。

「やったー！」

禅は舞い上がるような気分になった。その気持ちは初めて味わうものだった。高校時代の全国大会二連覇……その輝かしいバスケット人生の中でも、こんな気持ちは味わった事が無かった。

「嬉しい！　本当に嬉しい！」

それは、ここ数年の嫌な事を、全て忘れてしまうほどの嬉しさだった。禅は約束が出来た安ど感で、再び眠りについた。

どの位寝たのだろうか？　時計に目をやると夜の八時を回っていた。

「まだ八時か……もっと寝たように思えたが？」

そして、スマホを手に取り、画面を見た禅は驚愕した。

「なに？　朝の八時⁉」

時間は次の日の朝八時を回っていた。酒は完全に抜け、さわやかな寝起きだった。

「一日寝ていたのか⁉」

そう言うと禅は、慌ててベッドから飛び起きた。良く考えてみると、何度か起きて水を飲んだりトイレに行ったりした気がする。

「まさか、次の日まで寝てしまうとは……」

禅は、午前中の取引先との打ち合わせを思い出すと、急いでシャワーを浴び、出社の準備をした。禅は鏡の前でネクタイを締めながら呟いた。

「彼女との出会い……夢ではないよな……」

ネクタイを締め終わると禅は、スマホを手に取り、彼女からのメールを確認した。

「やっぱり夢じゃない」

そう呟くと、急いでマンションを出て行った。

マンションから会社まで、車で二、三十分程度。会社に着くと、時間は八時五十分を回ったところだった。会社の操業時間は八時三十分……二十分の遅刻だった。

会社に入ると、事務員たちが驚いた顔をしていた。禅は社長になってから、遅刻をした事は一度も無かったからだ。たとえ出社しなくても、出張などの予定を伝えていた。無断で遅刻した事は初めてだった。驚いた顔をした事務員が尋ねた。

「社長、大丈夫ですか？」

「え？」

「何度も電話したのですが……」

禅はスマホを取り出した。会社からの着信が何度かあった。

「すまない、気が付かなくて……」

「………」

黙って見つめる事務員を尻目に、禅は社長室に入って行った。そしてパソコンの電源を入れた。立ち上がったパソコンには、パスワードの入力画面が映っていた。しかし禅は反応しなかった。ただ考え事をしていた……それは、まるで初めて恋をした少年のようだった。

〝早く、彼女に会いたい……〟

純粋にそれだけだった。

彼女の美しさ、そして全ての嫌な事を忘れさせてくれるような、あの笑顔……もちろん美しさはずば抜けている……しかし、その内に秘めた魅力……どう表現していいか分からないが、笑顔からにじみ出る純粋さと優しさ……つまり美しさと可愛さ、魅力と無邪気さの両方を兼ね備えている。それは、禅にとって、人生を捨ててもいいと思えるほどだった。

禅は呟いた。

「どうかしているな……」

苦笑すると、パソコンに向かった。


社長室のドアが鳴った。ノックして、事務員の女性が入ってきた。時計を見ると九時五十分だった。

「社長、お客様です」

十時に約束した、新しい取引会社が商談に来ていた。

「お通しして」

事務員は会釈すると客を迎えに行った。しばらくすると、男性二人が入ってきた。

「失礼します」

「どうぞ、おかけください」

そう言って挨拶すると、お互いに名刺を交換した。そして、ソファーに座ると資料を出し、商談が始まった。話は和やかな雰囲気で進んでいった。しばらくすると禅は時計に目をやった。商談は順調だったが、禅は途中何度も時計に目をやっていた。禅が余りにも時計を気にするので、先方の二人は不思議な顔をし、顔を見合わせた。

「社長、何かご予定でも？」

禅は、我に返るとマズいと思った。

「い、いや、そう言う訳では……」

禅は全く商談に集中出来なかった。商談の途中も相手の話が全く耳に入らない。もはや頭の中は混乱していた。

「すみません……今日は体調が悪くて……」

先方の二人は顔を見合わせた。

「出直して来ましょうか？」

「いえ、大丈夫です」

順調に見えていた商談は、一瞬で悪い雰囲気になった。

禅は焦っていた。

「すみません、後日私の方から出向きますので……」

そう言うのが精いっぱいだった。先方は顔を見合わせるとうなずいた。

「わかりました」

「本当に、申し訳ありません」

禅は、腑に落ちない顔をしている二人に何度も謝り、会社の入り口まで送ると社長室に戻った。そしてソファーに倒れ込むと、時計に目をやり、ため息をついた。

「まだ昼前か……」

そう呟くと、目を閉じた。禅はシェリールの事で頭がいっぱいだった。早く会いたくて仕方がなかった。そして彼女に会いたい自分と、仕事が上手く出来ない自分にイラついていた。

禅は思わず叫んだ。

「あー！」

その時、ドアがノックされた。

「はい」

「社長、大丈夫ですか？」

禅の叫び声を聞いた事務員が心配してノックしたのだ。禅は、慌ててソファーから起き上がると、ドア越しに応えた。

「だ、大丈夫だ。すまないが、コーヒーを入れて貰えないかな？」

「分かりました」

ドアの向こうで事務員は、首を傾げながらコーヒーを入れに行った。禅はソファーに座ったままうな垂れると、またため息をついた。

会社の就業時間は八時三十分から十七時三十分だった。禅は十五時三十分を回った頃、打ち合わせに出てそのまま戻らないと事務員に告げ会社を出て行った。その姿を見ていた二人の事務員は不思議に思った。

「社長、何か変じゃない？」

「やっぱりそう思った？」

「だって、絶対変だよ、無断で遅刻したり早退したり……」

「そうだよね、あと落ち着きがないというか、話も全然聞いてないみたい」

「何かあったのかな？」

「……」

二人は黙り込んだ。

禅は、自分のマンションに帰っていた。そして、慌ただしくシャワーを浴びると着替えをし、急いでマンションを出て行った。時間は十六時過ぎだった。

禅はデパートのブランドショップで、彼女に似合いそうなピアスを買った。そして花屋にも寄り、バラの花束も買った。

「十七時三十分か……」

待ち合わせ時間まで、まだ三十分あった。禅は待ち合わせ場所のすぐ近くにある、喫茶店でコーヒーを頼んだ。落ち着かない禅は、コーヒーが来ると一気に飲み干した。そして立ち上がるとレジに向かった。禅は、レジで会計をする時に花束を落としそうになった。それを慌てて掴んだので、バラの棘が親指に刺さり少し切ってしまった。店員が声を掛けた。

「大丈夫ですか？」

「大丈夫です」

禅は、そう答えると足早に待ち合わせ場所に向かった。

待ち合わせ場所に着くと、禅はバラの棘で切った親指を見た。

「結構深いな……」

そう呟くと指を舐めた。

「指、どうしたんですか？」

その声に禅はハッとした。声の先には、シェリールが心配そうな顔をして立っていた。

「い、いや、たいした事ないです」

「見せてください」

そう言うとシェリールは、禅の手を取り、傷を見ると顔をしかめた。

「痛そう」

そう呟くと、カバンから救急ばんそうこうを出し傷口に巻いた。

「これで大丈夫ですよ」

そう言って笑ったシェリールは美しく可愛かった。その笑顔を見て禅は完全に心を奪われてしまった。呆然とし微動だにしない禅に、シェリールは不思議そうな顔をした。

「どうかしましたか？」

「……」

「大丈夫ですか？」

我に返った禅は慌てて応えた。

「え？　あ、いえ、何でもありません。あ、ありがとうございます」

そうぎこちなく応えた禅を見て、シェリールは笑った。その笑顔を見て、禅も恥ずかしそうに笑った。

「これ、キミのイメージに合っていると思って……」

禅は、そう言うとバラの花束を渡した。

「ありがとう」

シェリールはバラの花束を見つめ、嬉しそうに笑った。


禅はシェリールを連れて、予約してあるレストランにタクシーで向かった。そのレストランは、高層ホテルの最上階にあった。レストランに着くと、ボーイが席に案内した。窓際の席に案内されると、夜景の見える席にシェリールを座らせ、禅は夜景を背に座った。

「キレイ、夜景がキレイ……」

そう言って、真面目な顔をしたシェリールは、美しく魅力的だった。禅はただ呆然とシェリールを見つめていた。メニューを持ったまま、困った顔をしているボーイにシェリールが気付き、禅に声を掛けた。

「大丈夫？」

「え、あ、だ、大丈夫」

慌ててメニューを貰うと、シェリールに聞いた。

「何を飲もうか？　何か飲みたい物はある？」

「任せる、禅くんが選んだものでいい」

禅はメニューから目を離すと、またシェリールに見とれた。そして慌ててメニューに目を戻すと、咳ばらいをした。

「ドンペリのロゼを」

「かしこまりました」

「後、それに合った料理のコースを二つ」

そう言ってボーイにメニューを返した。ボーイは頭を下げると、その場から去って行った。

「よく来るの？」

「昔はね」

「昔？」

シェリールは、クスリと笑った。

「何か、おかしい？」

「だって、まだ若いでしょ、なのに昔って言うんだもん」

「そ、そうだね……四年前くらい前かな？」

そう言って照れくさそうに笑う禅を見て、シェリールはまた笑った。禅はタジタジだった。

そこへ、ボーイがドンペリを運んできた。シャンパングラスを二つ、そっとテーブルに置くと、シャンパンに布ナプキンを掛け、蓋を音もなく開けた。そして静かにグラスに注いだ。シェリールは緊張した顔でそれを見つめていた。透き通るような薄いピンクに、細かい泡が宝石のように浮かび消えて行った。そして甘酸っぱい香りが立ち込めた。

「どうぞ」

ボーイは、そう言って頭を下げると、去っていった。二人は、シャンパングラスの細い足をそっと掴むと持ち上げた。

「乾杯」

二人は、そっとグラスを合わせると、シャンパンを口に運んだ。

「おいしい」

シェリールは、そう言ってシャンパングラスを見つめていた。その目は輝き、純粋な笑みを浮かべていた。そして、黙ると夜景に目を向け、しばらく眺めていた。禅はそれを黙ったまま見つめていた。

そして、小さい声で言った。

「これ、気に入ってもらえるか分からないけど……」

禅は、そう言ってポケットから小さな箱を出した。シェリールは夢から覚めたように、禅へ視線を向けた。

「え、何？」

「キミに似合うと思って……」

「ありがとう、開けてもいい?」

「もちろん」

シェリールは小箱を開けた。中にはプラチナにダイヤモンドが付いたピアスが入っていた。

「きれい……」

シェリールは、そう言って目を輝かせながらピアスを見つめた。そのシェリールは、禅の目にはピアス以上に輝いて見えた。

禅は思わず呟いた。

「キミの方がきれいだよ」

シェリールが顔を上げた。

「え? 何か言った?」

「い、いや、独り言だよ」

「?」

シェリールは、またピアスに目を戻すと黙ったまま見つめていた。

禅は思った。

〝いつまでもこの時間が続くといいな……〟

ただ、そう願っていた。

楽しい時間はあっという間だ。

「そろそろ出勤しないと」

「もうそんな時間？」

「うん」

禅はボーイを呼ぶとチェックを告げた。

しばらくすると、ボーイが伝票を持って来た。禅は伝票に目をやると、財布から現金十五万円ほどを出しボーイに渡した。

禅はシェリールを見ると微笑んだ。

「どうもクレジットカードが好きじゃなくてね、現金で払いたい主義なんだ」

「そう」

「行こうか」

二人は店を出ると、エレベーターに乗り込み降りて行った。

禅は嘘をついた。現金主義と言ったが本当は違った。逮捕される前は、クレジットカードを何枚も持っていた。しかし捕まって支払いを滞納したために、いわゆるブラックリストに載ってしまった。つまりカードが持てないし作れないのだ。

禅は、自分に前科がある事をシェリールには知られたくなかった。だから〝現金主義〟などと、聞かれてもいないのに、どうでも良い事を言ってしまった。

二人はホテルのフロントを抜けると、タクシー乗り場に向かった。そしてタクシーに乗り込むと、シェリールの勤める店に向かって行った。

結局、その日はシェリールの勤める店で、閉店まで飲んでいた。

ママが伝票を持ってやって来た。

「禅くん、今日はありがとうございました」

酔っ払っている禅は、ママに聞き返した。

「ママ……何？」

「もう閉店よ」

「嘘でしょ？」

「本当よ、時間見て」

時計は夜中の二時を回っていた。

「えー!?　もうこんな時間？」

「そうよ」

禅は、またうな垂れた。

〝こんなに時間が経つのが早いとは……〟

まるで竜宮城に行った、浦島太郎の気分だった。

禅はシェリールを見つめた。

「また会えるかな?」

「え?」

その質問に、シェリールは笑った。

「もちろんでしょ、変な質問」

「そうだね」

確かに変な質問だった。

禅は今まで欲しい女は手に入れて来た。しかし冷静に考えれば、自分から好きになったというよりも、相手からの猛烈なアプローチに押された結果、付き合うという事が多かった。もちろん、そんな女たちだったから、容姿には自信を持っている女が多く、実際に周りがうらやむようなソコソコの容姿の女と付き合った。禅は恐らく、人生で初めて心から人を好きになったのだろう。だから、フラれる事が怖かった。その気持ちが、そんな質問をさせたのだろう。

禅は微笑んでいるシェリールの笑顔に、後ろ髪を引かれる思いだった。しかし、あえてクールに装った。

「また連絡します」

「待っています」

禅は考える事なく、応えたシェリールに返す言葉がなかった。禅は黙ったまま、店を後にした。

帰る途中、禅は考えていた。

〝変な質問？〟

「確かに、そうだな……」

そう呟くと苦笑した。そして込み上げてきた思い。

〝シェリールを失いたくない！〟

という気持ちになった。その不安が焦る気持ちに変わった。そしてシェリールを自分の物にしたいという決意に変わった。

夢と現実

翌朝、目を覚ました禅は、顔を洗うと鏡を見つめた。

それは自分が浦島太郎になってしまったのではないか？と思えたからだ。

「夢ではないよな？」

〝もし自分が、浦島太郎だとしたら？　まさに竜宮城に行った気分だ、そしてシェリールは間違いなく乙姫だろう……〟

そう思いながら、もう一度顔を洗った。

〝結構飲んだが、あまり二日酔いではないな〟

そう思うと、会社に行く準備をする為にクローゼットを開けた。そして、クリーニングされたシャツに手をやった。しかし禅は、その手を離すと再びベッドに倒れ込んだ。

「はあ……」

ため息をつくと、何もやる気にならなかった。


しばらくすると、スマートホンの鳴る音で目が覚めた。

「寝てしまったのか？」

時計を見ると九時を回っていた。

「やばい、寝過ごした！」

慌ててスマートホンを取ると、電話は会社からだった。

「はい」

「社長、どうかされました？　取引先の方がお待ちですが？」

「あ、申し訳ない……体調が悪いので、日を改めてほしいと言ってくれ」

「え？　し、社長！」

禅は、一方的に電話を切った。

「あー、チッキショー！」

そう叫ぶと飛び起きて、急いで着替えた。そして部屋を出て行った。

禅は会社に向かう車の中で考えていた。そして思い出した。それはバスケットで挫折した時の事、薬物で捕まり刑務所に入っていた時の事。禅は車を路肩に止めた。禅は、ため息をつくと呟いた。

「俺なんて、恋愛をする資格は無い……」

そう自分に言い聞かせた。しかし、シェリールへの思いを断ち切る事は出来なかった。

禅は苦しかった。しかし、その苦しみが、何の苦しみなのか？　自分の過去に対してなのか？　それとも、シェリールへの思いなのか？　よく分からなかった。

禅はふと思った。

〝もしかして、これが恋というものなんじゃないのか？〟

そう思うと急に恥ずかしくなった。それは、今までの自分がしてきた恋が、恋と言うにはあまりにも幼稚だった事に気付いたからだ。

「俺はガキだ……恋も知らないガキだ……」

そう呟くと下を向き、首を振った。

禅は、気が付くと会社の近くまで来ていた。そして会社の前を、減速することなく通り過ぎて行った。しばらく行くと禅は我に返り呟いた。

「俺は一体何をやっているんだ？」

禅は不器用だった。それは子供の頃から変わらない。好きなものに打ち込むと、のめり込み、他のモノが全く見えなくなってしまう。というよりも、他のモノに全く興味が無くなってしまう。それは禅の長所でもあり、短所でもあった。バスケットで一流だった時も、バスケットしか見えなかった。だから、才能も開花したが、他の事には全く興味が無かった。その結果バスケットしかない禅は、バスケットが出来なくなった時、全てを失ってしまった。それは出所後もそうだった。仕事一筋に生きて来た禅は他の事には興味が湧かなかった。そして今は、シェリールの事で頭が一杯になり、他の全ての事にやる気を失ってしまった。

禅は呟いた。

「シェリールに逢いたい……」

「申し訳ありません、松本は病気の為入院中です。用件は私が承ります」

専務は、そう言って電話の応対をした。電話が終わると、専務は不機嫌そうな顔で、いつもの決まりきったセリフを吐いた。

「社長はどうなっているんだ？」

いつもの質問に事務員も嫌気がさしていた。

「私に聞かれましても……」

事務員は、いつもと同じ言葉を返すと専務を無視した。禅が会社に来なくなってから、二カ月が経っていた。

「専務……体調が悪いんだ……しばらく、会社の業務を頼むよ……取引先には入院中と言ってくれ」

それが禅から会社への、最後の電話だった。禅はシェリールが店に出勤する週三日は一緒に食事をし、同伴出勤をしていた。本当は毎日シェリールに逢いたかったが、シェリールの大学での勉強の邪魔をしては申し訳ないと、それ以上は誘わなかった。

禅は恋愛に対して臆病だった。高校時代に付き合った彼女もいたが、恋愛というにはほど遠かった。大学に行き、バスケットを失ってからはソコソコ遊んでいたが、見かけで付き合ったり、流れで付き合ったりと、向こうから押されて仕方なく付き合ったのがほとんどだった。だから、心から人を愛した事は無かった。だから禅は自分の気持ちをどうしていいか分からなかった。

「この思いを、シェリールに伝えたいが……」

その気持ちを上手く表現できない。それは、もしシェリールに振られたら、今の自分の全てを失ってしまうのでは？　という恐怖心があったからだ。シェリールに逢えない日は、それを忘れるために飲み歩いた。毎日、浴びるほどの酒を飲んでいた。そんな生活が三カ月も続いた。そんなある日、禅のスマートホンが鳴った。見ると会社からだった。

前の日、遅くまで飲んでいた禅は、二日酔いを押さえながら電話に出た。

「はい」

「し、社長！　専務が出社していないです！」

それを聞いて禅は思った。

〝それがどうした？〟

そして不機嫌そうに言った。

「だからなんだ！　それが重要な事なのか？」

「それが……全く連絡が取れないんですよ」

「連絡が取れない？」

「そうなんです、携帯も自宅も全く！」

「？」

禅は一瞬考えたが……それよりも二日酔いが酷く、それどころではなかった。

「そのうち連絡が来るだろう。今日一日様子を見てくれ」

そう一方的に言うと電話を切った。そして急いでトイレに駆け込んだ。トイレで吐くと、少し気分が良くなった。

「くだらない事で電話してきやがって！」

そう呟くと、ベッドに倒れ込み目を閉じた。

目を覚ました禅が、時計を見ると十七時を回っていた。

「マズイ！　遅刻だ！」

禅は十七時三十分に、大学時代の友人と飲む約束をしていた。

慌てて飛び起きた禅は、急いでシャワーを浴び、出かける用意をした。そして急いでマンションを飛び出すと、タクシーを捕まえ、待ち合わせ場所に向かって行った。タクシーの中で友人に少し遅れると電話を入れようと思い、スマートホンを出した。着歴を見て、会社からの電話を思い出した。

〝専務と連絡がつかない？〟

「どうなったのか？」

そう呟いたが……。

〝それよりも友人に連絡を入れなくては！〟

そう思い、友人に遅れると連絡を入れた。そして待ち合わせ場所の六本木に向かっていった。

禅は行きつけの寿司屋に着くと、友人と向かい合って酒を飲んだ。

「昨日も飲んだのか？」

「ああ、万年二日酔いだ……」

「ほどほどにしないと、身体を壊すぞ」

「そうだな……」

そんな事は言われなくても分かっていた。しかし、シェリールと居る時は楽しくて飲み過ぎ、会えない時は寂しさを紛らわすために、疎遠になっていた大学時代の仲間を誘った。大学時代の仲間と飲むようになったのも、シェリールに出会ってからだった。

「はあ……」

禅はため息をついた。その時、スマートホンが鳴った。それは会社からだった。

禅は、〝またか！〟と思った。出るか迷っていると、友人が言った。

「気にしないで出ろよ」

「あ、ああ」

禅は電話に出た。

「社長！　専務に連絡がつきません！　どうしますか？」

そうあわてる従業員の声を聞きながら、静かな店内を見渡した。そして小さい声で言った。

「分かった、明日の朝そっちに行くよ」

そう告げると電話を切った。禅の電話から漏れてきた、従業員のあわてた声を聞いていた友人が心配そうな顔をした。

「何かあったのか？」

「いや何でもない、たいした事じゃないよ」

そう答えると、禅は注いであった日本酒を飲み干した。

〝任せているのに、ふざけた奴だ！〟

そして、ため息をついた。それを見ていた友人と板前が目を合わせ、首をひねった。

翌朝、禅は会社に向かっていた。前の日は、専務に連絡が取れない件が気になって、飲んだ気がしなかった。それを察した友人も、また改めて飲みなおそうと言い、早めに切り上げた。禅は車を運転しながら考えた。

〝会社に行くのは三カ月ぶりか？　専務に一日連絡が取れないからと言って……〟

そう考えると腹が立った。そして、今日は専務が出社しているだろうと楽観視していた。

会社に着くと、車を止めて事務所に入っていった。ドアを開けると、従業員たちが一斉に禅を見た。

「社長！」

そう言って営業部長が近寄ってきた。

「どうだ、専務は？」

「それが……」

言いにくそうに、うつむいている営業部長に禅はイラ立った。

「どうしたんだ、はっきり言え！」

「わ、分かりました……」

営業部長は、禅の怒りに満ちた顔を上目使いに見ると、言いにくそうに言った。

「実は……専務が失踪してしまいました……」

禅は、営業部長の言葉が理解できなかった。

「何だって!?　失踪した？」

「はい、連絡が取れないので心配で朝、自宅に行ったのですが……もぬけの殻で……」

「もぬけの殻?　居ないのか?」

「はい、家財道具も何もかも……」

禅はしばらく黙っていたが、心配そうに見守る従業員たちの顔を見回した。

「そうか……去った者は仕方ない、残った者でやるしかない」

すると経理を担当する事務員の女性が言いにくそうに言った。

「社長……よろしいですか……」

「どうした?」

「ここではちょっと……」

「分かった。向こうで話そう」

そう言って社長室に行くように促した。禅は従業員たちの方を見て言った。

「今回の件は仕方ない、みんなで頑張ろう」

そう告げると、社長室に入って行った。


社長室に入ると、事務員の女性に座るように促した。

「何かあったのかな?」

そう尋ねると事務員の女性は、泣き出しそうな顔をした。

「社長、すみません……」

「どうしたんだ?」

「それが……三カ月前から専務に言われて、会社の口座管理は専務が行っていたんです」

それを聞いた禅は、嫌な予感がした。

「それで？」

「昨日、専務が来なかったので、営業部長と専務の机を調べたら、通帳が出てきて……」

その先は聞かなくても想像できた。

「口座には、ほとんどお金が無かったんです。それで帳簿と照らし合わせて調べてみたら、使途不明金ばかりで……」

禅はやっと事態を把握できた。そして追い打ちを掛けるように事務員の女性は言った。

「先月位から、督促状が来るようになったので、おかしいと思っていたんです」

禅は、差し出された督促状に目を通した。督促状は、父親の時代から付き合っている会社ばかりだった。会社を継いだ時に、支払いが滞っていたのを、禅が頭を下げて待ってもらった。そして禅が業績を上げて返済した。それがまた滞ってしまっていた。

〝また、元に戻ってしまった……〟

禅は事態の深刻さを理解した。黙って考えている禅に、事務員の女性は申し訳なさそうに言った。

「社長がいらしたら、お話ししようと思っていたんですけど……なかなかいらっしゃらなかったので……」

禅は、そう声を詰まらせながら話す事務員の女性を見て言った。

「もう分かった……いけないのは僕だ、すまなかった……」

そう優しく慰めた。禅は途方に暮れながら、自分のせいだと自分を責めた。

夢心地の禅は、夢に溺れ、現実を忘れてしまっていた。禅は夢から覚め、現実に戻った気分だった。

「これじゃあ、完全に浦島太郎だな……」

そう呟くと思った。

〝これが夢であってほしい……しかし、これは夢ではない！　現実なんだ！〟

そう自分に言い聞かせた。


禅は喫茶店に賢一を呼んでいた。

「こんな事、お前にしか話せないよ……」

「分かっている、俺たちは兄弟みたいなものだ。いや、それ以上だろ？」

賢一は、そう言ってコーヒーを飲んだ。

「そうだったな」

禅は、そう言って唇を噛みしめると下を向いた。父を失い、頼れる友人が居ない禅は、賢一しか頼る者がいなかった。

賢一は、国立大学のトップの大学を首席で卒業し、警察官僚になった。当たり前の事だが、その周りに集まる仲間、友人も優秀だった。そのほとんどが将来を約束された者たちで、官僚・政治家の秘書・医者・大手企業・大手銀行など様々な分野にいる、いわゆる勝ち組という人たちとのつながりが強かった。普通の二十六、七歳の若者が近づく事や話す事も出来ないような人脈を持っていた。

禅は以前、賢一の大学時代の友人で、大手銀行に入っている人に、その銀行の支店長を紹介してもらった事があった。

「じゃあ、明日支店長に話をしておくよ」

「ありがとう」

そう、礼を言った禅に賢一が言った。

「シェリールとは上手く行っているのか？」

「あ、ああ……」

禅は答えに迷った。上手く行っていると言えば、上手く行っている……しかし、何か発展したかといえば……？

そんな禅を見て、賢一は言った。

「まあ、ほどほどにしておけよ、女なんて沢山いるんだからな」

「そうだな」

そう答えた禅は、シェリールの事を考えていた。

〝俺は何をやっているんだ？〟

それは、会社を潰してしまっては、シェリールを幸せには出来ない。そんな思いが頭の中をよぎったからだ。

「賢一、すまない」

「何言っているんだ、水臭いぞ」

そう言って笑う賢一を見て、禅は心から感謝した。

「本当に、ありがとう」


その日の夜、禅はシェリールと同伴する為、レストランで食事をしていた。

「どうしたの？」

シェリールは、考え事をしている禅に問いかけた。

「え、別に……何でもないよ」

禅は、会社の事が気になって仕方が無かった。

「いつもの禅とは違う人みたい」

「そ、そうかな……同じだけど……」

「そう？」

「疲れているのかな？　最近、仕事が忙しくて……」

禅は、とっさに苦笑いをうかべ、そう嘘をついた。シェリールは、禅を見つめると何食わぬ顔で言った。

「そうなの……身体に気を付けてね。疲れているなら同伴しなくても大丈夫だから」

それを聞いた禅の顔から笑顔が消えた。そしてシェリールを見ると強い口調で言った。

「何言っているんだ！　大丈夫だよ、心配ないよ！」

その強い口調にシェリールは驚いた顔をした。禅がシェリールに、そんな言い方をしたのは初めてだった。会社の危機と、シェリールへの募る思いが禅を焦らせていた。禅はシェリールの顔を見て、我に返った。

「ゴメン……」

黙って下を向いているシェリールを見て、禅は焦った。そして、どうやって空気を換えていいか分からなかった。禅は泣きたい気持ちになった。しばらく沈黙が続いた。

「本当にゴメン……キミのせいじゃないから……自分の仕事が上手く行かないから焦って……大丈夫？」

「うん」

シェリールは、そう小さくうなずいた。

「本当にごめんね……」

「うん、大丈夫……それより仕事、大丈夫？」

禅は、それを聞いて微笑んだ。

「たいした事じゃないんだ、だから大丈夫」

「本当に？」

「本当に決まっているじゃないか！」

「じゃあ、安心した……」

そう言って微笑むシェリールを見て禅は思った。

〝今は全てを忘れよう……〟

禅はシェリールの為に出来る事は一生懸命やっていた。一緒に食事をして同伴したり、花束やプレゼントを買って行ったり……もちろんシェリールも、それを求めていた訳ではなかった。ただ禅が勝手にそうしていただけだ。そこには純粋で臆病な禅がいた。バスケットをやっていた時も純粋に打ち込んだ。そして臆病だから人よりも練習をした。だからトップを取れたのだ。しかし　今はどうだ？　努力をしたところで結果は出るのか？　それは形に出来ない、恋愛という人の心である事が問題だった。バスケットなら、シュートが入らなければ、入るように練習して結果を出す。しかし恋愛はどうだ？　シェリールの為に頑張っているが？　シェリールは好きとは言ってくれない。

禅は、自分から好きと言った事が無かった。今までは、相手から好きと言ってきたからだ。だから、どうしていいか分からなかった。それはシェリールに十分すぎるほど伝わっていた。しかし、シェリールから好きと言う訳にもいかず……。二人の関係は微妙だった。禅はシェリールにとって何なのか？　友達以上に良くしてくれるが恋人ではない。それは一言で言えば〝ただの良い人〟だった。

シェリールは思った。

〝本当に心が純粋で、一途で真面目な人……〟

シェリールは、そんな禅が好きだった。

その日の禅は、いつもよりも飲んだ。いつも飲むのだが、いつもよりペースが速かった。まるで嫌な事を忘れるかのように飲んだ。実際に嫌な事を忘れられた。シェリールの、その笑顔が全てを忘れさせてくれた。それはまさに竜宮城だった。そして、禅は完全に浦島太郎になっていた。

賢一から連絡が来たのは、その三日後の事だった。それは禅にとって、待ちに待った連絡だった。

「明日の夜、会えないか？」

その日は、シェリールの出勤の日だった。禅は、いつものように同伴の約束をしていた。

しかし……。

〝今は緊急事態、これを乗り越えなくては、シェリールとの未来も無いだろう〟

「ああ、大丈夫だ」

「人を連れて行きたいんだ、出来れば静かな所がいい」

禅は思った。

〝銀行の支店長を連れて来るのか？〟

「わかった、行きつけの寿司屋の座敷を予約しておくよ」

「頼むよ」

二人は十八時に待ち合わせる事にし、電話を切った。


この三日間は長かった。シェリールといた時間はともかく、それ以外の時間は地獄だった。仲間と飲んでいても、いくら飲んでも会社の事が頭から離れなかった。父から受け継いだ会社が終わってしまうという重圧と闘っていたからだ。そして、ずっと賢一からの連絡を待ち続けていた。その連絡が来た時、禅は心から舞い上がった。

禅は鏡の前でネクタイを締めながら、鏡に映る自分に言い聞かせた。

「俺は、まだ終わってはいない……いや、終わる訳にはいかないんだ！」

〝バスケットでの挫折、薬物での転落、そして会社の危機……このまま事業に失敗してしまう訳にはいかない。三度目の正直だ！〟

そう思うと、鏡に映る自分にうなずいた。

「俺はキリギリスと同じにはならない……」

禅は、シェリールにメールを送った。

〝今日、重要な打ち合わせがあるんだ〟

シェリールは、仕事が大事だから頑張って！と言ってくれた。禅は、そのシェリールの優しさに罪悪感を覚えながら、約束の場所に向かった。

禅は、二十分前には寿司屋に着いていた。

「いらっしゃいませ！」

「親方、よろしくお願いします」

「いえいえ、ご案内して」

挨拶が終わると、奥の座敷に通された。禅は下座に座ると、壁に掛かった時計に目をやった。時間は十七時四十五分。緊張のあまり、思わずため息をついた。

それから五分ほどすると、親方の声が響いた。

「いらっしゃいませ！　奥へどうぞ！」

障子を背に下座に座っていた禅は、立ち上がると振り返った。

しばらくすると、障子が開いた。

「禅、待たせたかな？」

そう言って笑う賢一の横には男が立っていた。

「いや、今着いた所だ」

そう答えた禅は、男に会釈をした。

〝支店長なのか？〟

男は五十歳くらいで中肉中背、黒に近いグレーのスーツに白いシャツ、ネクタイはしていなかった。髪の毛は白髪が混じっていたが、ビシッと七三にセットされていた。

〝以前紹介された人とは違うな、違う銀行か？〟

そう考えながら、銀行の人事は早い、だから新しい支店長に変わったのだろうと思った。

賢一は、その男を一瞬見たが、後で紹介すると言って靴を脱いだ。禅は男を上座に通した。

「どうぞ」

「失礼します」

男はそう言うと、奥に入っていった。賢一は、その男の横には座らず、禅の隣に座った。考え事をしている禅に賢一が聞いた。

「何か飲もうか？」

「あ、ああ」

禅は慌てて男に聞いた。

「何が宜しいですか？」

男は禅を見つめると笑顔で応えた。

「そうですね……ビールを貰えますか？」

「俺も同じでいいよ」

禅は、そう答えた賢一の顔を見ると、生ビールを三つ注文した。

賢一は言った。

「乾杯してから紹介するよ」

「ああ」

そして座敷の中は静寂に包まれた。禅は生ビールが来るまでの時間が長く感じられた。

しばらくすると、生ビールが三つ運ばれてきた。料理は禅が事前にお任せで頼んでおいた。

「乾杯！」

三人は生ビールを一口飲むと賢一が切り出した。

「禅、紹介するよ、この人は投資家の村井さんだ」

それを聞いて禅は拍子抜けした。

〝投資家？　支店長ではないのか？〟

「村井です。宜しく」

考え事をしながら黙っている禅に、賢一が問いかけた。

「おい、禅、聞いているのか？」

「あ、ああ、すみません……松本です」

その後、賢一から村井の詳しい経歴が教えられた。数々の株買い占め、企業乗っ取りの立役者、政界への影響力。聞けば聞くほど、華々しい経歴だった。この時代にそれほどの影響力を持っている人間が実際に存在するのか？と驚かされた。

しばらく飲んでいると村井がトイレに行くと言って中座した。禅は村井が出て行くのを確認すると賢一を見た。

「賢一、支店長じゃないのか？」

「禅、銀行から融資してもらっても実際はどうなんだ？」

それを言われると返す言葉がなかった。

「それに、幾ら支店長を知っていても、返済能力のない会社には融資はしないよ、昔だったら出来ただろうが、今は内部告発される時代だ。不正融資は難しい。時代だよ、時代……」

「お前の言う通りだ、正直言って会社の傷は深い。融資して貰っても、返せるという自信はない」

「だから、投資家を紹介した方がいいと思ったんだ。お前の会社じゃぁ、返せる能力に限界がある。だから、一気に借金を返すには、大儲けして補うしかない。その為に彼を紹介したんだ」

禅は下を向くと少し考えていた。そして顔を上げると賢一を見つめた。

「だけどお前、警察だろ？　大丈夫なのか？」

「何がだ？」

禅は言いにくそうに言った。

「だって、あの人、会社を乗っ取ったりしているんだろ？」

それを聞いて、賢一は真面目な顔をした。

「禅、日本は法治国家だぞ、そして俺は警察官僚だ。悪い事をすると思うか？」

禅は賢一が言っている意味が分からなかった。

「いいか、法律を犯せば、それは犯罪者だ、要は法律に触れなければいいんだよ。確かに会社の乗っ取りなどはイメージが悪い。だけど、法律に触れていないいんだよ、だから何が悪いんだ？　それを悪いというのは、貧乏人の僻みだよ」

それを聞いて禅は納得した。賢一は話を続けた。

「いわゆるグレーなんだよ、グレー。黒じゃないんだ、法律には触れないんだよ」

禅は、詳しくは分からなかったが、理解はできた。そして一つだけ確信できる事があった。それは賢一が紹介したという事だった。

〝要するに捕まらない！〟

禅は、そう理解し確信した。その時、村井が帰って来た。

「村井さん、お願いしますよ、こいつを一緒に儲けさせてやってください。こいつは自分にとって兄弟以上の存在なんですよ」

村井は腕を組むと下を向き、しばらく黙っていた。

「村井さん」

村井は顔を上げると、賢一と禅の顔を交互に見た。

「森下君の頼みでは……分かりました……」

「ありがとうございます！」

禅と賢一は礼を言うと、顔を見合わせた。

「禅、良かったな！」

「ああ」

三人は握手をした。

それから村井の武勇伝や、禅と賢一の昔話を肴に盛り上がった。

「松本くん、まだ言えないが、近々大きな投資話があるんだ」

「投資ですか？」

「ああ、数十億単位の金の話だ。それをキミも一緒にやるといい」

「数十億単位？」

呆気に取られている禅を見て村井は笑った。

「そうだよ、数十億円だ！　森下君の頼みだからね」

呆気に取られたままの禅を見て、賢一が代わりに言った。

「ありがとうございます！」

そう言って頭を下げる賢一を見て、我に返った禅も一緒に頭を下げた。

「具体的な話は後日するよ」

「分かりました。宜しくお願いします」

そう言うと、禅は村井と握手を交わした。それを見ていた賢一が呟いた。

「自分の役目は、これで終わりましたね」

村井は賢一を見ると、笑顔でうなずいた。

「さて、これでいいかな？」

「はい」

「じゃあ、私はこれから人と会わないといけないので、ここで失礼するよ」

「え？　もうですか？」

そう残念そうに言う禅を、賢一が制止した。

「禅、村井さんは忙しいんだ、ここに来てもらっただけでもありがたいと思えよ」

「ああ」

そんな二人を見て村井は笑った。

「いや、こんな楽しい席、本当はもっと居たいんだがね……」

「え？」

「私の周りにいる連中は、金に群がるウジ虫ばかりだ。人間としては欠落している。しかし、キミたちは心がある、友人を助けたいという気持ち、そして何より兄弟以上という信頼関係、うらやましいよ」

「村井さん……」

村井は微笑むと、息を大きく吐いた。

「さて、行くとするか」

そう言うと席を立った。店を出ると、二人は村井に礼を言い、タクシーに乗せた。村井が見えなくなると、禅は賢一に礼を言った。

「賢一、ありがとう」

「何言ってんだ、水臭いぞ」

「いや、本当に嬉しいんだよ」

そう真剣に言う禅を賢一は見つめた。

「お前には、子供の頃から助けてもらったからな、少しでも恩返しがしたいんだよ」

「賢一……」

二人は真剣な顔をして見つめ合ったが……直ぐに吹き出した。

「なに真面目に言ってんだ」

「お前もな」

二人の笑い声が響いた。そして笑い終わると禅が言った。

「儲かったら、出世払いで恩を返すよ」

「おいおい冗談言うなよ、俺は公務員だぜ、そんな事をしたら首が飛ぶだろ！　俺は、お前が困っているから助けただけだ。俺の役目はここまでだ」

それを聞いて、禅は泣きたくなった。もちろん酒のせいもあったが、ここ数日の悩みが解消された事、そして、その問題を一番信頼できる賢一が解決してくれた事、それが一番嬉しかった。

「賢一……」

泣きそうな顔をしている禅を見て賢一は言った。

「俺たちは兄弟みたいなものだろ、やぼな話はやめよう」

そう言うと禅の肩を叩いた。

「そうだな」

すると賢一の顔が、突然厳しくなった。

「ただ犯罪だけは勘弁してくれよな、俺は警察官だからな、しかも今は、捜査二課の係長だ。お前でも捕まえなくてはならない。お前に手錠は掛けたくないからな……」

「わかっている」

それを聞いて賢一の顔が笑顔に戻った。そして二人は握手を交わした。

「禅、お前は輝いていた方が似合っているよ。もう一度華やかな世界に行けよ」

「ありがとう……」

「頑張れよ禅、じゃあ俺は行くよ」

「え？　帰るのか？」

これから二人で飲みたいと思っていた禅は、それを聞いて残念そうな顔をした。

「明日、早いからな、深酒はまずいんだ」

「……」

「俺は、お前みたいに自由が無い。所詮、組織の歯車だからな……そう、そうだよ、アリだよ、働きアリ」

「働きアリ?」

賢一は笑った。

「だから、アリとキリギリス」

「ああ」

禅は納得した。

「お前がうらやましいよ」

「キリギリスだからか?」

「まあ、多分な……そうかな? そうだな、そう言う事かな?」

そう考えながら言っている賢一を見て、禅は首を振ると苦笑した。

「お前は真面目だな」

「お前だって真面目だよ」

「そうかな?」

「そうだよ、生き方が違うだけだ」

「そう言う事かな……」

考えている禅に賢一が言った。

「また、お前と飲めて楽しかったよ」

「それは俺がいいたいセリフだよ」

それを聞いて賢一は笑った。

「じゃあ、行くよ」

賢一は、そう言うと手を振りながら、駅の方に歩いて行った。その後ろ姿を見ながら禅は呟いた。

「賢一、ありがとう……」

心から感謝の気持ちで一杯だった。

賢一が見えなくなると、禅は我に返った。そして急いでタクシーに乗り、シェリールの働いている店に向かった。村井に会って投資話が決まった。会社の危機を回避できそうになった。禅は早くシェリールに会いたかった。

タクシーが店の前に着くと、禅はお釣りも貰わず、急いでエレベーターに乗った。そしてエレベーターを降りると、店の扉を開けた。店の中からは、いつものようにママの声が響いた。

「いらっしゃい！　あら？　禅くん」

店の中には、某企業の管理職が五、六人居た。そのテーブルに、シェリールと他の女の子が二人付いていた。シェリールは一瞬禅を見たが、すぐに隣に座る中年男と話し始めた。それを見た禅はやきもちを焼いていた。カウンターに座ると、ママが近づいて来た。

「今日は来ないかと思ったんだけど？」

「そうだったんだけどね」

そう答えながら禅は思った。

〝同伴は出来ないと言ったが、来ないとは言ってない！〟

「ちょっと待っていてね。シェリールちゃん指名だから」

禅は、それを聞いてイラッとしたが平常心を装った。

「大丈夫だよ」

そう言うと、作り笑いをした。

それから十分くらい経ったか？　禅はママと話していたが、シェリールの事が気になって仕方なかった。

「最近、忙しいの？」

「いや、それほどでも……」

「そう……」

横目でシェリールを見ると、横の中年男と楽しそうに話をしている。禅はイライラしていた。それがあまりにも露骨すぎて、ママにも伝わった。呆れたママが、シェリールを呼んだ。

「シェリールちゃん、お願いします」

それを聞いたシェリールは、中年男に挨拶すると立ち上がり、禅の横に座った。やきもちを焼いた禅が、シェリールに言った。

「楽しそうだね」

「え？　そう？　仕事だから……」

その答えに禅は頭に来た。本当は〝楽しくない〟と言ってほしかったからだ。

「仕事だから仕方ないんだ？」

そう強い口調で言った禅を、シェリールは見つめた。

「どうしたの？　いつもの禅じゃないみたい」

その言葉で禅は我に返った。

「え？　ごめん……」

「……」

しばらく険悪な空気が流れた。禅は、その空気を変えるためにママを呼んだ。

「ドンペリのロゼを入れてくれないかな？」

「え⁉」

「今日、良い投資話があったんだ。俺は億万長者になるよ」

驚いたシェリールが禅の顔を覗き込んだ。

「億万長者？」

「そう、億万長者」

「すごい！」

そう驚いたシェリールを見て、禅は自信ありげに言った。

「君の好きな物、欲しい物は何でも手に入れるよ」

シェリールは、信じられないという顔をして、ゆっくり首を左右に振った。禅は、そのあどけなく純粋な表情を見て〝本当に綺麗だ〟と思い、見とれてしまった。

〝シェリールは俺のものだ！　誰にも渡さない！〟

そう自分に言い聞かせた。


しばらくすると、ママの声が響いた。

「シェリールちゃん、お願いします」

禅は〝またあいつか！〟とムカついた。

「クソジジイが！」

そして振り返って男を睨んだ。指名している中年男は、戻って来たシェリールに気付くと手を振った。

「おお、シェリールちゃんが戻って来た！」

そう言って盛り上がる中年男たちの席に、シェリールは笑顔で座った。頭に来た禅は、そのまま、そのテーブルを睨んでいた。しかし、シェリールも中年男たちも、禅の視線には全く気付いていない。

それどころか盛り上がり、みんなで乾杯をしていた。

「かんぱーい！」

それを見て禅は首を振ると、ため息をついた。


数日後、禅は村井とファミリーレストランに居た。

「そう言う事だ、分かったかな？」

「分かりました」

禅はそう答えたが、実際は良く分からなかった。それは所謂、インサイダー取引だった。要するに未公開株が一カ月後に店頭公開される。その株を公開前に取得し、公開された時に大儲けしようという事だった。しかし……禅は思った。

〝それは犯罪ではないのか？〟

禅は黙って考えていた。

「どうかしたのか？」

禅は、村井を見ると聞いた。

「村井さん……それって犯罪ではないのですか？」

それを聞いて村井は笑った。

「いいかね、犯罪は、ばれれば犯罪だ、それに人を困らせたり、苦しめる事は良くない。しかし、これは誰かが損をする話ではないんだよ」

「でも見つかれば裁かれますよね」

「これはね、創業者一族から来た情報なんだ。見つかる事は一〇〇％ありえないよ」

そう言い切ると、村井は笑った。

「……」

黙っている禅に、村井は言った。

「キミには守るものが無いのか？　幸せにしたい人はいないのか？」

それを聞いた禅は、シェリールの事が頭をよぎった。

「人生のチャンスは、そう来るものではないぞ」

その言葉は、今の禅の心に響いた。

〝そうだ、シェリールを幸せにしなくては……もう後には引けない！〟

禅は顔を上げ、村井を見つめた。

「どうすればいいですか？」

村井は少し伸びた顎ひげに手をやると言った。

「二億円、二億円用意したまえ」

それを聞いた禅は目を見開いた。

「二、二億円⁉」

「そうだ、二億円用意すれば、二十億、いや四十億になるだろう！　そうすれば、もう何もしなくても一生遊んで暮らせるよ、キミの好きな人も幸せに出来る」

「しかし、そんな大金……」

そう言ってうつむいた禅に、村井は笑った。

「ハハハハハ……君は一人で用意しようと思っているのか？　一人で用意出来る訳ないだろう？　仲間だよ、今まで一緒に仕事をしてきた、取引業者、下請け、みんなで利益を出すんだ。そうすれば、キミが迷惑を掛けてきた人たちも、みんな救われるんだよ」

それを聞いた禅は、その通りだと思った。

〝そうだ、みんなが幸せになれる〟

「分かりました、やりましょう」

「そうだ、みんなの幸せの為に」

そう言って二人は握手をした。禅は村井に、三週間で金を作る約束をした。もちろん出来るという確信は無かった。しかし禅は自分に言い聞かせた。

〝これは復活の為のチャンスだ、ここでやらなければ、いつやるんだ？　終わってしまったら、もうやるチャンスはない〟

それを分かっているかのように村井は言った。

「チャンスを生かすんだ、私はいろいろな人間と付き合ってきた。表の世界の人間、裏の世界の人間……政界人・財界人・暴力団・総会屋・企業ゴロ……キミには、内に秘めた可能性と輝きがある。キミなら出来るよ」

「………」

「たくさんの人を見てきた私が言うのだから間違いない、キミは必ず成功する星の下に生まれている」

禅は嬉しかった。そしてバスケット時代にトップに君臨した時の闘志が戻って来ていた。

〝必ず出来る。いや、必ずやるんだ！〟

そう決心した。そして、二人は固い握手をすると店を出た。外に出ると禅は頭を下げた。

「宜しくお願いします！」

「ああ、頑張ろう」

二人は挨拶すると別れていった。数歩、歩いたところで村井は禅を呼び止めた。

「松本くん」

「はい」

「森下君には話すんじゃないぞ」

「え？」

不思議そうな顔をしている禅に、村井は近づくと小声で言った。

「森下君は警察官僚だ。インサイダー取引は犯罪だ。知ったら苦しむ事になるだろう。わかるな？」

禅は、その意味を理解した。

「分かっています」

そう言うと二人は、また握手を交わし別れた。禅は歩きながら考えていた。

〝賢一が紹介してきたのだから、間違いないと思うが……一応調べてみるか……〟

そして一番重要な事は、賢一を巻き込んではいけないという事だった。禅は賢一の言葉を思い出した。

「俺は公務員だからな」

〝そう、賢一は国家公務員だ。もちろん運もあるが、上手く行けば警視総監、いや、警察庁長官も夢ではない。これからも、そこを目指し、コツコツ生きて行き、やがて頂点に昇り詰めるだろう。それに比べ俺はどうだろうか？　コツコツやっても……？　いや、稼げる時に稼ぐしかない、賢一のように昇り詰める道も、保証も何もないのだから……〟

禅はそう思うと、うなずき、足早に帰って行った。

マンションに戻った禅は、村井が言っていた会社をパソコンで調べた。その会社は確かに実在した。

「業績は右肩上がり、順調だ！」

ここで上場したとしても、何も不自然ではなかった。

〝もはや止まる事は出来ない〟

禅は決意を固めた。

その日の夜、賢一から電話が来た。

「禅、元気か？」

「ああ、元気だよ」

「この前、紹介した村井さん、連絡来たか？」

禅は一瞬戸惑った。

「ああ、連絡が来て、今度一緒に投資をする事になったよ」

「え？　本当か？」

「ああ、本当だよ」

「良かったじゃないか！　あの人はやり手だからな、きっとお前も成功するよ！」

「そうだな……」

「この前も言ったが、俺は公務員だから、それ以上は聞かないよ。俺は紹介しただけだからな」

「分かっているよ」

「まあ上手くやってくれよ、またお前が輝く事を祈っているよ」

禅は嬉しかった。

「賢一、本当に恩に着るよ」

「じゃあ頑張れよ、またな」

「ああ、またな」

そう言うと二人は電話を切った。

禅は思った。

〝俺は、もう一度輝いてやる！〟

そう決意を固めた。


次の日から禅は、会社の件で迷惑を掛けた取引先を周った。

「社長、申し訳ありませんでした」

「松本社長、病気だとは聞いていましたけど、連絡くらいくださいよ」

「本当にすみませんでした」

「で、売掛金……払って貰えますか？」

「その事なんですが……」

禅は、会社の現状を隠し立てせずに全て話した。先方はため息をつくと腕を組み困った顔をした。

「社長、お詫びと言ってはなんですが……」

禅はそう言うと、未公開株の話をした。

禅は頭を下げ続けた。

「未公開株？」

「はい、聞いた事はありますか？」

「ありますけど……」

そして、自分で作成した資料を見せ、その会社の説明をした。

「しかし、犯罪では？」

「大丈夫です、出所は創業者一族ですから大丈夫です！」

「うーん……」

「みんなやっている事ですから」

禅は、その後も情熱的に訴えた。先方は腕を組みながらうなずき考えていた。目の前にいるのは、今までの支払いもしてくれない会社の社長だ。それがいきなり現れ、新しい儲け話があるから金をだしてくれと言っている。それを躊躇しない人間がいるだろうか？　そう考えている先方に禅は言った。

「社長、一緒に儲けましょう！」

相手は株式など知らない町工場の社長、そして父の時代からの付き合いという信頼があった。極めつきは、実際に経営は苦しいという実情である。だから少しでも運転資金を確保したいという気持ちが強かった。

「分かりました。社長の情熱には負けましたよ、それにお父さんの代からの付き合いだ。社長を信じましょう」

「ありがとうございます。必ず儲かりますから！」

「では、明日振込みますので、口座を……」

禅は先方の話を遮るように言った。

「いや社長、振込みはまずいです。後で足が付いてしまいます」

それを聞いて、先方はハッとした顔をした。

「確かにそうですね」

「明日、現金で用意出来ますか？」

「現金でとなると？」

先方は少し考えていた。しばらくすると、考えがまとまったように言った。

「二、三日、時間を貰えますか？」

「分かりました」

「必ず、連絡を入れます」

「お願いします」

先方は、二、三日中に現金で二千万円用意すると約束してくれた。

禅は同じように、取引先を周った。そして、持ち前の営業力と情熱で訴えた。禅は優秀な営業マンだった。その熱意と情熱は相手に伝わった。そして株を知らない者たちにとって〝未公開株〟の話は魅力的だった。禅の話を聞いた、ほとんどの者が思う事は同じだった。

〝インサイダー取引は、金持ちがやっている事、儲かるに決まっている！〟

ほとんどの取引会社が、用立ててくれると約束してくれた。

禅は呟いた。

「これでみんなが幸せになれる」

禅は自分の儲けよりも、自分を信じてくれた人たちの事を考えていた。そして、次に思い浮かんだのはシェリールの事だった。

〝シェリール、必ず幸せにするよ〟

禅は、そう思うと笑みを浮かべた。そして、ふと昔の事を思い出した。それは高校時代の事だった。高校時代の彼女、その彼女と別れる時に、禅自身が言った言葉だった。

「僕とキミは付き合っていない。だって、キスもした事ないじゃないか！」

人は、人の事は見えるが、自分の事は見えない……特に恋は盲目だ。

〝俺はシェリールの事を愛している。しかしシェリールの何を愛しているのか？　彼女の気持ちもわからないのに、ただ一方的に思っているだけだ！〟

そう思うと不安になってきた。

〝一体、シェリールは俺の事を、どう思っているのか？　それを確認したいが、もしフラれたら？〟

禅は怖くなった。それはシェリールにフラれたら、生きる希望を失ってしまいそうな気がしたからだ。禅は、しばらく考えていた。そして心の中で葛藤していた。それはシェリールを自分の物にしたい気持ちと、シェリールにフラれたら？という不安が入り混じっていたからだ。それを考えたところで答えは出なかった。

禅は考えるのを止めた。そして自分に言い聞かせた。

「それを考えるのは後だ！　今は未公開株の事に集中するんだ！」

〝これを成功させなくては、シェリールとの未来はない！〟

そう思うと決意を固めた。

数日後、禅は村井と会っていた。村井は今回の未公開株の内部文書を持参してきていた。そこには、今回の株式上場の内幕が書かれていた。それを見て、禅はさらにやる気が出た。そして、自分を奮い立たせた。

それから二週間後の事だった。禅の元には四億五千万円ほどの現金が集まった。取引会社が用意してくれた金だ。そのほとんどの会社が、父の時代から付き合いのある会社で、禅の事を子供の頃から知っている経営者ばかりだ。そして、口をそろえるように言った言葉は同じだった。

「禅くん、キミのお父さんには世話になった。そしてキミの事は子供の頃から知っている。君は真面目で誠実だ。キミを信じるよ」

禅は、その言葉の重みと共に、大きいスーツケース二つに分けて入れた、四億五千万円の重みを痛感していた。みんなと約束した、禅の取り分は一〇パーセント、十倍になれば、四億五千万円ほどの利益が出る。復活するには十分な金だ。しかし禅は自分に言い聞かせた。

〝これは、自分が集めた金ではない……父がコツコツ築いてきた絆が集めた金だ〟

「みなさん、ありがとうございます！　必ず恩に報います！」

そう呟くと、強く誓った。そして深呼吸をすると、村井に電話を入れた。

次の日、禅は大きなスーツケース二つのうちの、一つを持って待ち合わせ場所のファミリーレストランに向かった。ファミリーレストランには、村井が待っていた。

「良く集まったねえ」

そう言って笑顔を見せる村井に禅は、弱弱しく応えた。

「何とか……」

その弱弱しさは一瞬のためらいと、このお金を作ってくれた人たちからのプレッシャーから来たものだった。そんな禅を気にも留めず、村井は真面目な顔になり、テーブルにのしかかるように前に出ると小声で聞いた。

「で、幾らある？」

「二億三千万円です」

それを聞いた村井は辺りを気にしながら、ソファーの後ろにもたれかかった。

「それで全部？」

「後、二億二千万円です。明日、渡します」

「分かった。じゃあ、預かり書を書くよ」

そう言って預かり書を書き、禅に渡すと村井は言った。

「これでキミも億万長者だ」

それを聞いた禅はうなずいた。

「一週間後には五十億……いや、上手く行けば数百億だ！」

そう言って笑う村井を見て、禅はまたうなずいた。


次の日も同じように、同じ場所で、残りの金を渡した。

「いいかい、店頭公開の日は来週の金曜日だ。わかったね」

「分かりました」

「何度も言うが、口外してはならないぞ」

「分かっています」

「じゃあ一週間後に連絡するよ、待ち遠しいだろうが、キミは成し遂げた。これで勝ち組だ！」

村井のその言葉に禅は笑顔を見せてうなずいた。

「村井さん、あなたには感謝しています。自分のような若造に夢と希望、そしてチャンスをくれた」

それを聞いた村井が禅に言った。

「おいおい、まだ金が入ったわけじゃないぞ、まあ入ったのも同じだが！」

「ありがとうございます」

二人は握手をすると別れて行った。禅は、一週間後の事を考えながら、決意を固めた。それは、シェリールへの告白だった。禅は思っていた。

〝俺はシェリールとキスもした事ない。それどころか、プライベートで会った事も無い〟

それでも、純粋に思いを告げたかった。禅は深呼吸すると、勇気を出してシェリールにメールをした。

〝今度の日曜日、プライベートで会ってもらえないかな？〟

数分後、返事が返ってきた。禅はしばらく返事を見なかった。それは断られたら？という怖さがあったからだ。

〝見なければ前には進まないじゃないか！〟

そう自分に言い聞かせ、勇気を出した。メールの返事は？

〝分かった、どこで会う？〟

それを見た禅は、喜びのあまり身体が震えた。そしてなぜか、涙があふれ出した。

「良かった……」

禅は決めていた。

〝今日、彼女に告白する！〟

シェリールは、日曜日の夜は仕事が休みだった。禅は同伴出勤ではなく、初めてプライベートでシェリールを誘った。禅は緊張し、落ち着かなかった。

バスケットボールの、高校三年生の全国大会の決勝での事だった。最後のフリースローを決めれば優勝という時、臆する事なく冷静に決める事が出来た。禅は、追い込まれれば追い込まれるほど冷静になり、強さを見せた。そして大学生になると、大学で一番人気のマドンナと付き合った。その時も周りにはやし立てられたが、禅自身は何とも思わなかった。それなのに今はどうだ？　ひとりの女の子と、初めてプライベートで会う事に緊張している。禅は、鏡に映った自分に言い聞かせた。

「どうしたんだ？　禅、しっかりしろよ！」

しかし鏡に映った自分を見ると、なぜか弱弱しく見えた。禅は思わず首を振ると、ため息をついた。

そして、一度大きく深呼吸すると、マンションを出て行った。

禅は、いつものように十五分前に待ち合わせ場所に着いた。

その手にはバラの花束、そしてポケットには小さな小箱が入っていた。待っている間も落ち着かず、何度も時計を見ては深呼吸をし、貧乏ゆすりをしていた。

シェリールは五分前に現れた。

「ごめんなさい、待った？」

いつものように、遅れていないのに謝るシェリールに、禅はいつもと同じ嘘をついた。

「いや、今着いたところだよ」

シェリールはクスリと笑った。そのやり取りは、いつも二人のあいさつ代わりになっていた。そして禅は必ず花束を持って来た。それが小さい時もあれば、大きい時もある。ただ必ず花束を渡した。

「何か食べたい物ある？」

「禅が食べたい物でいい」

それも、シェリールのいつものセリフだった。それを聞くたびに、禅はシェリールを良い娘だと思い、愛おしく思えた。

「初めて会った時のレストラン、覚えている？」

「覚えているよ、ホテルの最上階のレストランでしょ？」

「そう、そこに行こう」

「ＯＫ」

シェリールはいつもと変わらぬ笑顔を見せた。二人は思い出のレストランに向かって行った。

レストランに着くと禅はシェリールに聞いた。

「ドンペリのロゼ、飲む？」

「え？」

「初めてここで食事した時、覚えてる？」

「もちろん」

「あの時もドンペリ飲んだよね」

「うん」

「あの時の君の顔、今でも忘れないよ」

「え？」

シェリールは、恥ずかしそうな顔をした。そんなシェリールを尻目に、ボーイを呼ぶとドンペリのロゼを頼んだ。そして、シェリールを見つめた。シェリールは、恥ずかしそうに聞いた。

「どうしたの？」

「もうすぐ大きな投資をするんだ、その前祝いさ」

シェリールが真面目な顔になった。

「この前言っていた話？」

「そうだよ、もうすぐ億万長者さ！」

それを聞いてシェリールは笑った。

「本当に億万長者なの？」

「本当だよ、本当に億万長者さ」

禅の真面目な顔を見て、シェリールも真面目な顔になった。禅はすかさず言った。

「キミの事をずっと思い続けてきた……」

「え？」

突然、話が変わったので、シェリールは戸惑った。

「僕と付き合って欲しいんだ」

いきなり言われたシェリールは固まった。それを見た禅はポケットに忍ばせた小箱を出した。

「これ、受け取ってもらえないかな?」

「………」

禅は促すように言った。

シェリールは、黙って手を差し出すと、それを受け取った。そしてその箱を見つめていた。

「開けてみて」

シェリールは静かにうなずくと小箱を開けた。中には、プラチナに装飾が施された、ダイヤの指輪が入っていた。シェリールは何も言わず、黙って見つめていた。黙っているシェリールを見て、不安になった禅は問いかけた。

「気に入らない?」

シェリールは下を向いたまま、黙って首を振った。

「じゃあ、どうしたの?」

「嬉しくて……」

そう答えたシェリールは泣いていた。それを見て禅はしばらく黙っていた。

しばらくすると、ボーイがドンペリを運んできた。ボーイは、泣いているシェリールに気づいたが、気づかぬふりをし、ドンペリを開け、シャンパングラスに注いだ。

「どうぞ」

禅はボーイに目をやると礼を言った。そしてシェリールを見ると微笑んだ。

「飲もうか？」

シェリールは黙ってうなずいた。禅は投資の話をシェリールに話した。本当は未公開株だったが、投資という事で犯罪である事は言わなかった。

「すごいね……」

シェリールは話を聞きながら、笑顔を見せた。しかし話が終わると、顔を曇らせた。

「どうかしたの？」

下を向いたまま黙っているシェリールに禅は言った。

「何か言いたいなら言ってよ」

シェリールは少し考えていたが、話し始めた。

「何もない……ただ……」

「ただ？」

「そんな億万長者の禅に、私なんて釣り合わないよ」

それを聞いて禅は胸をなでおろした。そして笑うと言った。

「何を言っているんだ、僕が億万長者になろうとしたのは、シェリール、キミの為だよ」

「え？」

驚いて顔を上げたシェリールを見ると、今度は禅がうつむいた。

「どうしたの？」

突然黙った禅を、シェリールは不安そうに見つめた。しばらくすると禅は顔を上げ、話し始めた。

「前に言っただろ、アリとキリギリスの話……」

シェリールは少し考えたが、思い出したように言った。

「禅と賢一くんの事？」

「あの話、俺、昔は将来を期待されたバスケット選手だったんだ」

「そうなの？」

「それで、俺が華やかな世界で生きていたからキリギリスで、賢一が目立たず、地道に努力していたからアリって事になって、それでアリとキリギリスになったんだ」

「そうなんだ」

「だけど、大怪我をしてさ、バスケットの道が絶たれて……その時どうしても自分が、バスケットが出来なくなった事を受け入れられなくて……逃げていたんだ。それで気が付いたら、薬物売買に手を出していた」

シェリールは驚く事もなく、禅の話を黙って聞いていた。

「前科が有るんだ……刑務所に入っていた」

「……」

「だから、アリとキリギリスって言った時、だったたって言ったんだ、もう綺麗な声で鳴けなくなったからね」

それを聞いてシェリールは言った。

「そうなんだ」

禅は、顔を上げると、興味なさそうに答えたシェリールの顔を見ていた。シェリールは笑顔を見せると言った。

「でも今は関係ないんでしょ？」

「え？」

「だから、今は薬物売買はやってないんでしょ？」

「もちろんだよ！」

「じゃあ、いいじゃない。誰でも過ちはあるから……償ったんだからいいじゃない」

「シェリール……」

禅は感極まった。

「それに賢一くん、警察官なんでしょ？　将来偉くなるってママが言ってた。そんな賢一くんが、兄弟以上って言うんだから、禅は悪い人じゃないよ……それに……」

言葉を濁したシェリールに禅は聞いた。

「それに？」

「それに……禅は、いつも私の事を心配してくれて、優しくしてくれるから……悪い人じゃないと思っているから……」

禅は嬉しかった。嬉しくて涙が出そうなのを堪え、唇を噛んだ。

「うらやましいよ、兄弟以上なんて言える友達がいるなんて」

「そうだね……」

下を向いている禅の目から、涙が零れ落ちた。シェリールはそれに気付かないふりをすると、夜景に目をやり呟いた。

「キレイ、本当に綺麗……」

「そ、そうだね……」

禅は気付かれないように、涙を拭いた。そして、しばらく沈黙が続いた……。

「もう一度、鳴きたいんだ。キリギリスのように綺麗な声で……」

「……」

「もうバスケットは出来ないけど、他の事で輝きたい……キミの為に……」

シェリールは、黙って禅を見つめると言った。

「禅なら出来るよ……きっと……」

「ありがとう……」

そして禅は、微笑むシェリールを見つめた。

「キミを幸せにするために、俺は億万長者になるよ、そしてもう一度キリギリスは綺麗な音色を奏でる……そう決めたんだ」

それを聞いたシェリールは、黙ったまま禅を見つめていた。禅は子供のように無邪気に微笑んでいた。その笑顔を見て、シェリールは首を振ると笑った。

それから二人は、飲みながら食事をして楽しく過ごした。レストランを出て、ホテルのロビーを抜けると禅が聞いた。

「さっきの返事だけど……」

シェリールは、うつむいていた。

「私でいいの？」

その思いがけない質問に、禅は一瞬戸惑った。

「も、もちろんだよ！」

シェリールは禅を見つめると言った。

「でも、禅が億万長者になるからじゃないよ、私は好きな人が貧乏でも構わない、禅が純粋で正直な人だから……」

禅は立ち止まった。

「ありがとう……」

シェリールは振り返ると笑顔を見せた。

「こちらこそ、ありがとう」

禅は、タクシー乗り場に行くと、シェリールがタクシーに乗る前にキスをしようとした……しかし、勇気が無かった。タクシーに乗ったシェリールは禅を見ると言った。

「禅、ありがとう、これからも宜しくね」

「こちらこそ、宜しく……」

タクシーの扉は閉まり、その場を去って行った。禅は後ろを向くと叫んだ！

「くそ！」

自分のふがいなさに頭に来た。

「俺はなんて腰抜けなんだ！」

そう呟くと、泣きたくなった。今まで、どんないい女も落とす自信が有った。しかし、それは勘違いだった。冷静に考えると、自分から好きになり、口説いた事は一度もなかったからだ。

華やかな世界に生きてきた禅の下には、自然に華やかな女が集まってきた。それが当たり前のように、みんなが羨むような女と付き合ってきた。しかし性格は良くなかった。自惚れていて計算高く、周りばかり気にしている……そんな女との恋、それが禅の恋愛だった。だから、見かけを気にする女たちに追いかけられた……追いかけられれば追いかけられるほど、そんな女たちが嫌になった。

しかし、シェリールへの思いは違った。

禅は考えた。しかし考えれば考えるほど、シェリールへの思いは募り、臆病になっていった。それは、禅自身の問題だった。追われる恋から、追いかける恋に……今までの女とシェリールは違っていた。外見は完ぺきだった。普段の見とれてしまうような美しさ、それとは裏腹に嫌な事を全て忘れさせてくれるような、かわいい笑顔……そして、その性格は常に相手の事を気遣い、優しさと純粋さを持ち合わせた。禅は、シェリールの為なら、自分の人生を賭けてもいいという気持ちになっていた。

そして、逆にそれがプレッシャーにもなっていた。

〝もしフラれたら？　これから先、これ以上の人に出会えるのか？〟

そう思うと、人生そのものを失ってしまうのでは？と怖くなった。それが、シェリールに対して臆病で強気にいけない原因だった。禅は、ただ焦りと思いだけが募っていった。

「彼女の事を考えると、ネガティブになってしまう」

そう呟いた禅は、唇を噛みしめるとうなずいた。

〝どうした禅！　お前はこれでいいのか？　かつて、向かう所敵無しのお前は何処に行ったんだ⁉

今日、彼女に告白出来たじゃないか！　それなのに何が怖いんだ？〟

そう自分に問いかけた。

禅は、マンションに着くと、シェリールにメールを送った。

〝今日はありがとう、これからも宜しくね〟

返事は返って来なかった。

「結構飲んでいたからな……」

禅は、告白して了承を得た満足感と、緊張から解き放たれた解放感で、眠ってしまった。

その翌日、禅は起きると、スマートホンを手に取った。シェリールからのメールはなかった。

「？」

禅は、もう一度シェリールにメールを送った。

〝昨日はありがとう、これからも宜しくね〟

しかし、返事は返って来なかった。

「変だな？　何かあったのでは？」

そう不思議に思った。しかし、告白して了承をしてもらったのだからという事もあり、あまり気にしなかった。

しかし、夕方になってもシェリールから連絡はなかった。それは明らかにおかしかった。なぜなら、月曜日はシェリールが店に出勤する日だった。だから、いつも遅くても夕方に連絡が来て、同伴のための待ち合わせ場所を確認していたからだ。不安に思った禅は夜、店に行く事にした。

禅は、イライラしていた。

〝何かの事件に巻き込まれたのではないか？〟

という不安な気持ちになっていた。

禅は会社を出ると、急いでマンションに向かった。そしてマンションに着くと駐車場に車を止めた。いつもなら一度は部屋に行くのだが、部屋には行かず、そのまま六本木へ向かった。

禅は、六本木の賢一と行った焼鳥屋に行くと、時間が経つのを待った。いつもは陽気な禅が、スマートホンばかり気にして、下を向き黙っている？　店長は不思議に思ったが、何も聞かなかった。

禅は、不安から酒を煽った。生ビールと、焼酎の緑茶割を飲んだ。生ビール五、六杯、緑茶割を十杯は飲んだだろうか？　かなり酔っ払っていた。

時間を見ると、やっと夜の八時になった。禅は急いでシェリールの働く店に向かった。

店に入ると、いつものようにママの声が響いた。

「いらっしゃいませ！」

禅は店に入ると店の中を見わたした。しかし、シェリールの姿はなかった。

「ママ、シェリールは？」

「え？　聞いてないの？」

「何を？」

「シェリールちゃん、お母さんの具合が悪いとかで、実家に帰るから少し休ませてほしいって連絡が来たの」

禅は愕然とした。それを見たママは、シェリールが禅に連絡していないと直ぐに思った。

「連絡来ていないの？」

禅は呆然とし、黙っていた。その姿を見て、ママは禅が相当酔っ払っている事がわかった。

「後で連絡が来るんじゃない？　急だったから……」

禅はママの声が聞こえていなかった。

「ママ……シェリールの実家は何処かな？」

ママは、それを知らなかった。何度かシェリールに聞いた事はあった。しかし、その話をすると、シェリールは、なぜか黙って話さなかった。

「ごめんなさい、知らないのよ」

それを聞いて禅は呟いた。

「そう……」

禅は魂が抜けたように店を出て行った。

外に出た禅は、どうしていいか分からなかった。気がつくと賢一に電話をしていた。賢一は勤務中なのか、電話に出なかった。

〝只今、電話に出る事が出来ません。発信音の後に、メッセージをどうぞ……〟

そう言うと電話を切った。禅は考えていた。冷静に考えてみると、彼女がどこの出身で、どこに住んでいるかも知らない。ただ知っているのは携帯の番号とメールアドレスだけだった。

「賢一、禅だけどシェリールが居ないんだ……」

禅は自分に言い聞かせた。

〝冷静になれ、落ち着け、母親が病気なんだ。きっと、明日には連絡が来るだろう〟

禅はマンションに帰ると、まるで死人のようにベッドに倒れ込んだ。そして目を閉じると、冷静さを失っている自分に言い聞かせた。

〝自分の母親が病気なんだぞ！　俺の事を気にしている場合じゃない！〟

理屈では分かっていた。しかし、納得できない自分がいた。

〝でもなんで連絡してくれないんだ？　母親が病気なら相談してくれても……付き合ってくれたんじゃないのか？　シェリール、キミの痛みは俺の痛みでもあるんだ。それなのになぜ？〟

そう考えたが、冷静に考えればキスもした事が無かった。今まで、追いかけられる恋愛しかした事の無い禅にとって、追いかける恋愛は苦痛だった。それは周りから見たら、まさに無償の愛そのものだった。そして禅自身が、初めて人を恋するという事、それがどんなに苦しいものなのか分かった気がした。

禅は居ても立ってもいられなかった。ベッドから起き上がると、リビングに行き、棚に並んだウイスキーのボトルを手に取った。そしてロックグラスに氷も入れず、ウイスキーをなみなみ注いだ。禅は、それをしばらく見つめていた。そして覚悟を決めたように、一気に飲み干した。

「ゲホ、ゲホ！」

思わず咳き込んだ禅は、グラスをテーブルに置くと、ソファーに倒れ込んだ。そして天井を見つめ呟いた。

「シェリール……」

そして、また起き上がると、ウイスキーをグラスに注ぎ、一気に飲み干した。

しばらくすると電話が鳴った。

「シェリール？」

禅は慌ててスマホを取った。しかし、電話は賢一からだった。仕事が終わった賢一が、メッセージを聞き、心配して電話を掛けてきたのだ。

「賢一……」

「どうしたんだ？　大丈夫か？」

「シェリールが……シェリールが居ないんだ……」

「落ち着け、いつからだ？」

「今日からだ」

賢一は呆れた。

「今日？」

「……………」

「お前、酔っているのか？」

何も答えない禅に賢一は言った。

「わかった、今どこだ？」

「マンションだ」

「今から行くから、どこにも行くなよ！」

それを聞いた禅は力なく答えた。

「わかった……」

賢一は電話を切るといそいで、禅のマンションに向かった。

賢一はマンションに着くと、マンション入り口のインターホンで禅の部屋番号を押した。しかし返事が無い……するとマンションの自動ドアが開いた。賢一はマンションの中に入っていった。

エレベーターで禅の部屋の前まで行くと、部屋のインターホンを鳴らす……何も返事がない……賢一はまさかと思いドアノブに手をやった。ドアの鍵は掛かっていなかった。賢一は声を上げて部屋に入って行った。

「禅！　禅！」

返事がない。賢一は部屋の電気を付けた。あちこちを捜すと、寝室のベッドの横に倒れている禅を見つけた。

「おい、禅！　しっかりしろ！」

「……」

反応が無い……。

賢一は、禅の頬を叩いた。

「禅！」

「ん？　痛いな……」

「禅⁉　こいつ、酔っぱらっているのか⁉」

ベッドの横には、空になったウイスキーのボトルが二本転がっていた。

「禅！　いい加減にしろ！　心配かけやがって！」

そう言うと、賢一は禅の腕を掴み、引っ張り起こした。そしてふらつく禅に肩を貸し、リビングまで担いで行った。そして、禅をソファーに座らせると、賢一も正面にあるソファーに座った。うな垂れて座っていた禅は、力が抜けたように、ソファーに倒れ込んだ。そして賢一の心配をよそに、いびきをかいていた。

賢一はため息をつくと首を振った。すると突然、禅が叫んだ。

「水！　水！」

賢一は驚いて、慌ててキッチンに行くと、冷蔵庫からペットボトルに入った、二リットルの水を持って来た。

「ほら禅、水だぞ！」

そう言って禅を起こし、水を飲ませた。禅は水を少し飲むと、咳き込み吐き出した。

「ゲホ、ゲホ……」

「だ、大丈夫か？」

賢一は、拭くものを捜しに風呂場に向かった。そして脱衣所にあった、バスタオルを取るとリビングに戻った。リビングに戻ると、禅はうな垂れたまま座っていた。

「禅、ほらタオルだ」

そう言って渡したが、反応が無かった。すると突然禅が呟いた。

「気持ち悪い……」

「え？」

「オエ……オエ……」

「ちょ、ちょっと待て！」

賢一は急いで風呂場に行くと、今度は洗面器を持って来た。

〝何とか間に合った……〟

禅は苦しそうに吐いていた。しかし、胃液に混じったウイスキーのようなものが少し出るだけだった。賢一は禅の背中をさすりながら、途方に暮れた。

その日、賢一は禅のマンションに泊まった。

翌朝、禅はトイレから出てこなかった。賢一は、よく眠れなかった。トイレの前まで行くと、ドアをノックし声をかけた。

「禅、大丈夫か?」

「ダメだ……」

「お前、飲み過ぎなんだよ!」

賢一は首を振りながらため息をつき、リビングに戻った。そしてソファーに倒れ込んだ。しばらくすると、禅が気持ち悪そうに腹を押さえて戻ってきた。賢一は起き上がると言った。

「大丈夫か?」

「だから、ダメだって……」

賢一は呆れた顔で首を振った。

「お前、俺の仕事が泊まりじゃなかったから良かったけど、泊まりだったらアウトだったぞ」

「ああ、恩に着るよ……」

賢一は時計に目をやった。時間は六時を少し回ったところだった。

〝まだ出勤までは、時間はあるな〟

そう考えると、禅に視線を戻した。

「で、どうしたって?」

「うっ、シェリールが……居ないんだ……」

禅は、吐き気と闘いながら、そう言った。

「居ないって、昨日からだろ？　今日、連絡が来るんじゃないのか？」

「お前は分かってない……彼女は、そんな適当な女じゃないんだ……いつも必ず、連絡をくれたんだ……必ず……」

「店のママに聞いたらいいじゃないか？」

「聞いたさ……昨日、店に行ったんだ……そしたら……おえ……」

賢一は慌てて洗面器を渡した。しかし、胃液のようなものが少し出るだけだった。

「ママが言うには、母親が病気で実家に帰ったんだって……」

それを聞いて、賢一は呆れた顔をした。

「お前な、自分の母親が重病だったらどうだ？　それじゃあ、お前に連絡どころじゃないだろ？　そのうちに連絡が来るよ、どうかしているぞ、冷静になれよ！」

禅はしばらく黙っていた。しかし、賢一の言う通りだと思った。そして顔を上げると呟いた。

「そうだな……」

賢一は、ため息をついた。

「じゃあ、俺は仕事に行くからな、もう無茶はするなよ」

ソファーから立ち上がった賢一に禅は聞いた。

「本当に大丈夫かな？」

賢一は、その質問の答えに、今はこう答えるしかなかった。

「お前、彼女が好きなんだろ？」

「ああ」

「じゃあ信じてやれよ、好きなら待てるだろ？」

禅はうつむき、しばらく黙っていた。そして顔を上げると呟いた。

「お前の言う通りだな、どうかしていたよ」

「じゃあ行くからな、何かあったら連絡しろよ、勝手な事はするんじゃないぞ」

「ああ、わかったよ」

出て行こうとした賢一に禅は言った。

「賢一、ありがとう……お前がいてくれてよかったよ」

その言葉に賢一は立ち止まり、振り返った。

「俺たちは、兄弟以上だろ？」

そう言って笑った。その笑顔は、子供の頃のままだった。それを見た禅は思わず笑ってしまった。

「そうだったな」

禅は、賢一が出て行った後、ソファーに倒れ込んだ。

「本当にどうかしているよ……」

そう呟くと、考えるのを止めるように努力しようと思った。

それから数日が過ぎた。

シェリールからの連絡は、まだ来ていない……禅は苦しかった。

賢一の言葉がせめてもの救いだった。

〝信じてやれよ、好きなら待てるだろ？〟

「きっと母親の状態が良くないんだ」

そう自分に言い聞かせた。

禅は、ただシェリールからの電話を待ち続けていた。そして、また会社には行かなくなってしまった。しかし以前のように、飲み歩く訳でもなく、引きこもっていた。

営業部長はため息をついた。

「社長はどうしたんだ？」

その問いかけに、事務員は首を振った。

「いや、わからないです」

「連絡は？」

「有りました、また体調が悪くなったと……」

営業部長は、またため息をついた。

それから、どの位の時間が経っただろうか？　禅は、シェリールからの連絡を待っているだけの日々を送っていた。だから時間の流れがよく分からなくなっていた。その時、禅のスマホが鳴った。

「シェリール！」

禅は慌てて電話に出た。しかし電話の相手は、取引先の社長だった。

「松本社長、佐藤です」

「あ、どうも、お世話になっています」

「未公開株の件どうなりました？」

「え、ああ、順調ですよ……」

と、とっさに言ってしまった。

「そうですか、でも約束の日ですが、一向に店頭公開されないですけど、大丈夫ですか？」

その言葉を聞いて、禅は現実に引き戻された。

「え⁉」

我に返った禅は、やっと時間の流れを取り戻した。

「わ、分かりました、すぐに折り返します！」

そう言って電話を切った。

〝そんなに時間が経ったのか？　未公開株の件？　まだ先の話じゃないのか？〟

禅は今が何日で、何曜日かもわかっていなかった。慌ててスマホを見て、カレンダーを見ると、店頭公開約束の日だった。やっと、事の重大さに気が付いた禅は声を上げた。

「しまった！　未公開株、どうなったんだ？」

禅は焦った。シェリールの事で頭が一杯で、未公開株の事を、すっかり忘れていた。と言うよりも、そんなに時間が経過していた事に驚いた。禅は、慌てて村井に電話した。電話は留守番電話に変わった。

「松本です、連絡をください」

禅はメッセージを残し、折り返しを待った。禅はパソコンに向かい、株式の記事や、関連の物すべてに目を通した。しかし禅が買った株の事は、どこにも無かった。

「どういう事だ？」

その後、禅は村井の携帯電話に電話をかけ続けた。しかし、いつも留守番電話だった。

禅は焦った。

〝まさか騙されたのでは？〟

「いや、そんなはずはない！」

そう自分に言い聞かせ、気持ちを落ち着かせた。

「とりあえず、電話をしなくては……」

禅は、電話をして来た取引先の社長に電話を入れた。

「本当にすみません。今日は金曜日なので、月曜日に必ず電話を入れますから」

そう言って、何とか納得させた。電話を切った禅は、もう一度、村井に電話を入れた。しかし、やはり留守番電話だった。禅は自分に言い聞かせた。

「落ち着け、落ち着け！」

しかし、今の禅の精神状態では厳しかった。

シェリールの事で、落ち込んでいる時に、未公開株の件が不明……。禅は不安で、スマホを手に取り電話を掛けた。電話の相手は賢一だった。

「どうした？」

「いや、困ったんだ」

「今度は何だ？」

「今日、会えないか？」

「今日は無理だ、仕事が泊まりだからな」

「……………」

賢一は、黙り込んでいる禅に聞いた。

「一体、何があったんだ？」

「実は、お前に紹介……」

そこまで言いかけて禅は思い出した。

〝これはインサイダー取引、賢一は公務員だ、巻き込めない！〟

「どうした？　禅、どうしたんだ？」

「いや、いいんだ、何でもない……」

禅は、そう力なく応えると、電話を切った。

〝禅……〟

賢一は、それがただ事で無い事に気が付いた。しかし、仕事で動きが取れなかった。

賢一は、自分より年上の部下に呼ばれた。

「警部、お願いします！」

「分かりました」

賢一は、そう言うとスマートホンをしまい、部下の方に向かった。


次の日、賢一は仕事を終えると、禅のマンションに向かった。マンションの前に着くと、マンション入り口のモニターに向かい、禅の部屋番号を押した。反応は無かった。賢一は、もう一度押してみた。

「はい……」

力ない声で、返事が聞こえた。

「禅、賢一だ、開けてくれ！」

「……………」

返事は無かったが、自動ドアは開いた。賢一はエレベーターに乗り込むと、禅の部屋に向かった。

エレベーターが止まると、賢一は深呼吸をした。そして禅の部屋の前まで行くと、インターホンを押した。また返事は無かった。しかし、しばらくすると、ドアが開いた。中には、無精ひげを生やした禅が立っていた。

「どうしたんだ？」

禅は、うつむいたまま何も言わなかった。

「シェリールに何かあったのか？」

それを聞いた禅は、賢一の顔を見ると、泣きそうな顔をした。そして、うつむくと瞬きをし、涙を流した。賢一は、掛ける言葉が見つからなかった。

「中に入るぞ」

そう言うと、禅の肩に手をやり、部屋に入っていった。部屋に入ると、禅をソファーに座らせ、横に座った。

しばらくすると、禅が話し始めた。

「シェリールから、連絡が来ないいんだ」

それを聞いて、賢一は言った。

「きっと何か事情があるんだよ」

禅は全く聞いていないようだった。そして呟いた。

「仕事の事が……」

「？」

小さい声で呟く禅に、賢一は聞き直した。

「仕事がどうしたって？」

「いや、いいんだ……」

それを聞いた賢一は、声を荒げた。

「おい、禅！　一体どうしたんだ？　はっきり言えよ」

それを聞いて、禅は正気を取り戻したように賢一を見た。

「はっきり言えよ、俺たちは兄弟以上だろ？　お前の苦しみは、俺の苦しみでもあるんだ」

その言葉を聞いて、禅は唇を噛んだ。そして身体を震わせると、両手で顔を覆って泣いた。

賢一は怒鳴った。

「禅、俺が知っているお前は、もっと強かったぞ！　いつもイジメられている俺を守ってくれたじゃないか！　今のお前は何だ⁉」

それを聞いた禅は、顔に当てていた両手を離し、賢一を見た。そして視線を下に落とすと、しばらく考えていた。


それから、どの位時間が経ったのだろうか？　禅は話し始めた。

「お前の言う通りだな……どうかしていたよ……」

そう言った、その目はいつもの禅に戻っていた。

「全部話すよ……」

〝しかし、賢一を巻き込む訳にはいかない〟

禅は少しだけ嘘をついた。インサイダー取引とは、警察官僚の賢一には、とても言えなかった。だから、村井から投資話がきて、それに乗ったが、連絡が取れなくなったと言った。賢一は禅を見つめると、しばらく考えていた。

「しかし、村井さんは有名な投資家だ。そんな事があるかな？」

そう言うと、疑いの眼差しを向けた。

「俺が嘘を言っているというのか？」

「そう言う意味じゃないよ」

二人は黙り込んだ。賢一は少し考えていた。

「村井さんは、今週の金曜日って言ったんだろ？」

「ああ」

「確かに、銀行なんかの営業日を考えれば、金曜日で終わりだが、今日は土曜日だ。厳密に言えば、今日で今週は終わりだよな」

それを聞いていた禅は考えていた。

〝本当は、金曜日の店頭公開の約束だ。しかし、その事は賢一には言えない〟

「そうだな」

禅は力なく応えた。それを見て賢一は話を続けた。

「それに明日は日曜日、つまり今週は、明日までとも考えられる……月曜日まで待ってもいいんじゃないか？」

禅は黙って考えていた。

〝もしかしたら、数日伸びて、月曜日になったのかもしれない〟

禅はそう考えると、賢一が言っている話を理解したように装った。

「確かにそうだな」

「だろ?」

「だけど、電話がつながらないんだぜ!」

焦っている禅をなだめるように、賢一が言った。

「禅、お前の気持ちは分かる。でも落ち着け、お前がジタバタしても仕方ないだろ?」

それを聞いて禅はため息をつくと、乗り出していた身体をソファーに戻した。

「月曜日まで待つしかない、焦ってもどうにもならないぞ」

「……」

「シェリールの事も、信じてやれよ」

禅は、それを言われると、泣きたい気持ちになった。

「ああ、そうだな……」

禅は、またため息をつくと、小さくうなずいた。

「禅、お前がこんな時にすまないんだが……」

賢一は、申し訳なさそうに言った。それを聞いて禅は顔を上げた。

「ん?」

「俺、月曜日から居ないんだ」

「え?」

禅は驚いた顔をすると、賢一を見つめた。

「警察学校に勉強に入るんだ、だから携帯もつながらない」

「どの位だ？」

「一カ月位かな」

それを聞いた禅は不安そうな顔をした。それを見た賢一は、ため息をつき首を振った。

「禅、さっき言っただろ、今のお前は何だ？　鏡を見てみろ、バスケットをやっていた時の自分を思い出してみろよ」

禅は、ゆっくりと顔を上げると賢一の顔を見た。そして横に目をそらすと、考えていた。

しばらくすると禅は下を向き、首を振り笑い出した。そして賢一を見ると言った。

「賢一、お前、変わったな」

その笑顔を見た賢一も笑った。

「そうか？」

「そうだろ、いつもイジメられていたお前が、今は俺に説教をしている、昔と反対だな」

そう言うと禅は、また首を振り苦笑いした。

「賢一、ありがとう……お前のおかげで久しぶりに笑ったよ、俺は本当にどうかしていたよ」

「やっとお前に戻ったな」

二人は立ち上がり、握手をした。

「じゃあな」

「ああ、じゃあな……」

賢一は部屋を出て行った。

賢一が出て行った後、禅は考えていた。

〝賢一、本当に変わったよな、大人しくて、いつもイジメられていたヤツに、今は逆に俺が助けられているんだからな……〟

そう考えると禅は、また微笑んだ。

月曜日になると、禅の悪い予感は的中した。

村井には全く連絡が取れなかった。禅のスマートホンは止めどなく鳴っていた。

「すみません、確認が取れ次第、連絡しますので……」

それしか答えようが無かった。

〝いったいどうなったんだ？〟

禅は追い込まれていった。心の支えだった、シェリールが消え、頼りにしている賢一もいない。とても母や妹に話せるはずもなく……。禅はただ、賢一の言葉だけを支えにしていた。

〝今のお前は何だ？　鏡を見てみろ、バスケットをやっていた時の自分を思い出してみろよ〟

「そうだ、逃げてどうする？」

そう自分に言い聞かせた。しかし、その思いとは裏腹に、追い詰められていく自分がいた。禅はスマートホンを見るのが怖くなっていった。そしていつの間にか、スマートホンの着信音を消していた。

そして、それを紛らわすために、ウイスキーをストレートで飲み、医者から処方されていた睡眠薬を飲んだ。

そんな時間が、どれくらい過ぎただろう。マンションのインターホンは鳴り続けた。

〝間違いない、詐欺られた……〟

禅は、確信した。

三日目の夜、禅は闇にまみれてマンションを後にした。

「いいか咲、誰が来ても、俺の事は知らないと言うんだぞ！」

「お兄ちゃん、どうしたの？　何があったの？」

「お前と母さんは何も知らなくていい、関係ないんだからな」

「でも……」

「もう一度言うぞ、誰が来ても、誰から電話が来ても、俺の事は知らないと言うんだ！　そしてお前たちは関係ない！　必ず戻って来るから、それまで待っていてくれ、いいな」

「お兄ちゃん……」

「何かあったら、留守番電話にメッセージを入れてくれ！　母さんを頼むぞ！」

禅は、そう一方的に言うと電話を切った。

必ず戻って来る。そんな確信はなかった。ただ妹に心配をかけさせない為に、そう言うしかなかった。禅自身、この先どうなるかなど分からなかった。

〝俺は本当に大馬鹿野郎だ！　父さんを苦しめ失ったのに、残された母さんと妹まで……〟

そう思うと居ても立ってもいられなかった。そして、この先どうしたら良いのか？と、途方に暮れた。思う事は一つだけだった。

「こんな時に、賢一がいてくれたら……」

そう呟いた。

村井は賢一が紹介してきた。しかし、禅は賢一を恨んではいなかった。賢一は、経営不振に陥った自分を助けるために、村井を紹介してきたのだから……それに、まさかインサイダー取引をしていたとは賢一が知る由もない。

〝その結果がこうなっただけだ。賢一の責任ではない〟

今の禅にとって、賢一だけが頼りだった。

〝賢一、頼む……頼むよ……助けてくれ！〟

そう祈る気持ちしかなかった。

どの位、時間が経っただろうか……？　一カ月位か？

禅は、初めはビジネスホテルを転々としていた。そのうちに所持金が少なくなると、カプセルホテル・サウナとなり、今はネットカフェを転々としていた。禅は電車を乗り継ぎ、知らない町にいた。そして知らない公園のベンチに座っていた。

「これじゃあ、逃亡生活だな……」

財布の中を見ると、所持金は三千円弱だった。

禅は刑務所に入っていた時に、クレジットカードの支払いが滞ってしまい、いわゆるブラックリストに載ってしまった。だからクレジットカードは無い。会社も傾き、貯金も底をついていた。そして、最後の賭けとも言える今回の投資話、まさに最後の賭けだった。

「本当に、終わったな……」

禅はため息をついた。

仕事をしてもらって、その支払いもしていない取引業者。そこに行き、頭を下げ、今回の投資話に出資してもらった。禅は、申し訳ない気持ちでいっぱいだった。

「恐らく倒産し、夜逃げしなくてはいけない人もいるだろう……俺は、どう償えばいいんだ……」

禅は髪をかきむしった。

「賢一は……」

賢一は警察学校だった。

「シェリール……」

禅はそう呟いた。

「随分、昔の話に思える……」

そう言って笑った。

「ハハハハ……」

しばらくすると涙が溢れて来た……止めどなく涙が……。

「ううう……」

禅は公園のベンチに座ったまま下を向き、両手で顔を覆うと、肩を震わせて泣いた。それを通行人が気にしながら通り過ぎて行った。

禅は思った。

〝これでは、まるで、蜘蛛の巣に絡まった、キリギリスじゃないか……〟

そして笑うと呟いた。

「泣けないキリギリスが、蜘蛛の巣に絡まった……いや、もはや冬が訪れたか……」

もう終わりだと思った。

うな垂れていた禅は、スマートホンを見た。

この数週間ほど、止めどなく鳴る電話の着信音は消し、スマートホンを全く見ていなかった。禅は電話の着信歴を見た。相変わらず業者からの電話、その業者が雇った弁護士などからの電話だった。留守番電話の中には、刑事告訴をする！と言う者もいた。

〝今さら刑事告訴など……インサイダー取引事態が違法、それに乗ったヤツも……〟

そう開き直ったが、自分を信じてくれた人たちに、申し訳ないという気持ちが先行し、禅は、またうな垂れた。そして留守番電話の中には、母親と妹の悲痛な叫びも入っていた。

「お兄ちゃん、連絡して！」

「禅、戻って来て、早まらないで！」

それを聞いた禅は、また涙が溢れて来た。しかし、どうしていいか答えが見つからなかった。

〝必ず連絡する！　と言ったのに……〟

禅は、母や妹が困っている事は分かっていた。しかし連絡する気力も無くなっていた。

その中にあった、一つのメッセージ……。

「賢一だ！　禅！　どうしたんだ？　一体、何があったんだ？」

禅は我に返った。

「賢一⁉」

禅は、時間の感覚が無くなっていた。

「もしかして、一カ月が過ぎたのでは？」

禅は、慌てて賢一に電話を入れた。

「禅、どうしたんだ？」

それを聞いた賢一は、少しためらったが言った。

「賢一……」

「警察学校から、帰って来て驚いたぞ、お前に詐欺の容疑が掛かっているんだ！」

禅はついに来たかと思った。

「悪いようにはしない、会えないか？」

その言葉で禅は救われた。

「賢一、助けてくれ！　頼む！」

「今どこだ？」

禅は顔を上げ周りを見回した。

「よく分からない……」

「禅……」

賢一は、禅が相当追い詰められていると思った。

「禅、一回マンションに帰るんだ」

「マンションに？」

「そうだ、明日、俺が行くから、分かったな！」

禅はマンションには帰りたくなかった。今回の件で、いろんな人間が来るからだった。

「マンションは……ちょっと……」

「禅、良く聞け、ずっと逃げている訳にもいかないだろ？　それに、今はまだ分からないけど、お前が人をだますとは思えない」

「賢一……」

禅は賢一の言葉で、今まで溜め込んでいたものが込み上げてきた。

「ありがとう……」

「禅、何があっても、変な考えを起こすんじゃないぞ！」

禅は、涙を拭くと答えた。

「ああ……」

「明日の午前中に戻れるか？」

「多分……」

「じゃあ、午後一時に行くからな！　誰も入れるんじゃないぞ！　着いたら、電話をするから、それ以外はインターホンにも出るな！　分かったな！」

「ああ、分かった……」

電話を切った禅は、立ち上がると通行人に尋ねた。

「すみません、ここは何処ですか？」

「え？」

禅は、そっとマンションに戻っていた。マンションの周りには誰かが待ち伏せしているかと思ったが？　誰もいなかった。

約束の時間になるとスマートホンが鳴った。禅は、賢一からの電話を確認し、電話を切るとインターホンが鳴った。禅は用心深くモニターを見た。そこには賢一が立っていた。

「俺だ、賢一だ」

「入ってくれ」

そう言うと、マンション下のオートロックの扉が開いた。賢一は周りを気にしながら中に入っていった。禅は落ち着かず、リビングの中をウロウロしていた。

しばらくすると、玄関のドアホンが鳴った。禅は用心深く、ドア穴を覗いた。そこには賢一が立っていた。禅はドアを開けた。

「一人か？」

「当たり前じゃないか」

賢一はそう言って笑った。

「入ってくれ」

禅は賢一を中に入れると鍵を掛けた。そしてリビングに招き入れた。

ソファーに座った賢一が禅に聞いた。

「いったいどうしたんだ？　詐欺容疑が掛かっているぞ！」

「俺も分からない。だから、お前に調べてもらいたいんだ」

「俺に？」

「俺は逮捕されるのか？」

「良く分からない。俺は管轄じゃないからな、だからお前に話が聞きたいんだ。何が有ったんだ？」

「俺も何が何なのか……わからないんだ」

「落ち着け、順序を追って話をしてくれ」

禅はペットボトルの水を一口飲むと、ため息をついた。

「ゆっくり話してみろよ」

「ああ……」

禅は思い詰めた表情で話し始めた。

「実は、村井さんの未公開株の話に乗ったんだ。それで株を購入しようと思い、知人から金を集めた……」

賢一の顔色が変わった。

「お前、それはインサイダー取引じゃないのか？」

「ああ、そうだ」

賢一は、ため息をついて首を振った。禅は下を向いていたが、今にも泣きだしそうな顔をして賢一を見た。

「実は……お前が紹介した村井さんが……」

禅はまた下を向くと、話を止めた。賢一はしばらく黙っていたが、禅に聞き直した。

「村井さんが？」

その言葉に禅はまるで、生気が抜けたような顔で賢一を見た。

「どうやら詐欺師だったみたいだ……」

賢一は愕然とした顔になった。

「あの人が詐欺師……？」

賢一は、しばらく禅を見つめていた。それ以上聞く必要はなかった。

「嘘だろ？」

「本当だ」

「金を持ち逃げされたのか？」

「ああ……」

「いくらだ？」

黙って下を向いたまま、呆然としている禅に、賢一が問いただした。

「禅、いくら騙されたんだ？」

禅は、その言葉に力なく顔を上げた。

「四億五千万円……」

その金額に、賢一は一瞬固まった。

「よ、四億五千万円⁉」

「ああ……」

しばらく沈黙が続いた。

「禅、俺はお前を助けようと思って村井さんを紹介した。だけど犯罪をしろとは、言わなかったぞ」

そう言うとため息をついた。

「そうだな……」

「インサイダー取引が犯罪なのくらい、お前だって分かるだろ？　なぜ止めなかったんだ」

禅は力なく応えた。

「お前の言う通りだ」

二人は、言葉を失っていた。

どの位時間が経ったのだろう？　恐らく二、三分位か？

しばらくすると、禅が力なく話し始めた。

「あいつ、実在しない人間だったんだ。預り書はあるけど、領収書も無いんだ。だから、みんなから集めた金は、俺が騙し取ったと思われている。つまり、俺が詐欺師なんだ」

賢一は何も言わず、ため息をついた。

「だから、俺が刑事告発されるんだ」

「禅……」

賢一は叫びたい気持ちだった。

〝禅は、お坊ちゃんだ。世間知らずでお人好し、そして人を疑わず信じやすい……〟

「禅、明日まで時間をくれないか？」

「明日まで？」

「ああ、俺にも責任がある。出来るだけ、何とかしてみるよ」

「出来るのか？」

「俺たちは兄弟以上だろ？」

その言葉を聞いた禅は、涙が込み上げて来た。

「ううう……」

それを見た賢一は、立ち上がると禅の隣に座り肩を叩いた。

「俺は子供の頃から、お前に助けてもらってきた。その恩を返したかった。それがこんな結果になってしまい本当にすまない……」

それを聞いた禅は下を向き、両手で顔を覆うと、肩を震わせて泣いた。

「まだ希望は捨てるな、お前は輝いていた方が似合っている。俺が必ず何とかする。明日、俺が来るまで外に出るなよ、いいな！」

「ああ……」

禅は涙を両手で拭いた。賢一は禅の肩を、もう一度軽くたたくと立ち上がった。禅は目を真っ赤にしながら顔を上げた。

「シェリール……知らないか？」

「まだ連絡が無いのか？」

「そうなんだ……」

「何かあったのかな？」

「わからない、心当たりがないんだ……」

今回の件もあるが、禅にとってシェリールは生きる望みだった。そのシェリールが消えてしまった事が、さらに禅を苦しめている。

「分かった、俺もママに連絡を取ってみるよ」

「頼むよ、心配で眠れないんだ……」

「大丈夫だよ、全て上手く行くよ」

そう言って再び肩を叩くと、禅はまた下を向き泣き始めた。賢一はしばらく禅を見つめていた。

「じゃあ、行くよ」

そう言うと部屋を出て行った。

賢一はマンションの外に出ると、スマートホンを取り出し周りを気にしながら電話をした。

「俺だ、今日の夜会えるか？　わかった……じゃあ、十九時に、いつもの喫茶店で……」

そう言うと電話を切った。賢一は立ち止まると、もう一度周りを見回した。そして足早に地下鉄の改札口へ降りて行った。

裁きの時

その日の夜、禅はシェリールが働いていた店に行った。賢一に、部屋から出るなと言われたが、とても部屋にはいられなかった。

時間は十八時五十分を回ったところだった。店はまだオープンしていなかったが、店の中ではママがオープンの準備をしていた。

店のドアを開けると、ママが言った。

「すみません、まだオープン前です」

「ママ……」

ママが振り返ると、そこには禅が立っていた。

「禅くん、どうしたの？」

「ママ、シェリールの事、教えてもらえないかな？」

ママは前を向くと、タバコを吸いながら言った。

「だから、本当に何も知らないのよ」

「……」

何も応えない禅に、ママは振り返った。禅は下を向いて黙っていた。

「大丈夫？」

そう言って近づいて来たママに禅はすがった。

「お願いだ、他に頼りはいないんだ！」

「……」

「ママ、お願いだよ！」

余りに思い詰めた禅を見て、ママが重い口を開いた。

「禅くん、賢一くんに聞いたら？」

禅はママの言う意味が分からなかった。

「え？」

唖然としている禅を見て、ママはため息をついた。

「口止めされていたから言わなかったけど、シェリールちゃんは、賢一くんが連れて来たのよ、ここで働かせてやってくれって」

禅は言葉を失った。そしてママの両肩にしがみ付いた。

「嘘だろ？　ママ、嘘だろ？」

ママは、しがみ付いてきた禅の手を振り払った。

「本当よ、本人に聞いてみなさいよ！」

禅は力が抜けたように両手を下げた。

「嘘だ……賢一が？　嘘だ……」

禅はそう呟くと呆然とし、店を出て行った。

賢一は、待ち合わせの場所に向かっていた。その喫茶店は駅の近くの裏路地にある、古い店だった。

賢一は扉を開けると、一番奥のテーブルに向かって行った。

「待たせた？」

そこにはシェリールが座っていた。

「さっき着いたところ」

「元気？」

「うん……」

シェリールはうつむいていた。

「どうした？　何かあったの？」

「別に……」

「そう……」

賢一は、ウエイトレスにコーヒーを頼んだ。

「何か食べた？」

「まだ何も……」

「じゃあ、キミの好きなＢＬＴサンド、食べる？」

シェリールは黙って首を振った。賢一はメニューを戻すと、ソファーに深く座りため息をついた。

「どうしたの？　変だよ？」

シェリールは、うつむいたまま答えなかった。

しばらくすると、コーヒーが運ばれて来た。賢一はミルクに手を掛けた。その時シェリールが言った。

「もうやめようよ……」

賢一がミルクを持った手を止めた。

「何を？」

シェリールは、うつむいたまま涙を流した。

「もういいでしょ、かわいそうだよ……」

それを聞いた賢一は、唇をかみしめると、ミルクの入ったカップを強くテーブルに置いた。シェリールはビクリとした。それを見て賢一は笑った。

「何がもういいんだ？　何がかわいそうなんだ？　何も良くない！　何もかわいそうじゃない！」

鬼の形相をする賢一に、シェリールは勇気を振り絞った。

「もう十分苦しんだよ、禅は……」

「黙れ！」

賢一は両手でテーブルを叩いた。周りに居た客が一斉に賢一を見た。賢一は辺りを見回すと、咳ばらいをして小声で言った。

「まだ俺の復讐は終わっていない！　子供の頃から、俺がどんな思いで生きてきたか分かるか？　俺はいつも、あいつの引き立て役だった！　俺は弱くてイジメられてモテなくて……あいつは反対さ！

俺を助けてヒーロー気取り、そして運動神経が良くてモテる。俺はあいつが輝くために生まれて来たんじゃない！　その辛さが分かるか？」

「わかるけど、ここまでやらなくても……」

「いや、わからないね、ここまであいつを恨んでいる俺の気持ちなんて……お前も、あいつと同じだからな！　綺麗で可愛くて、スタイルが良くて、いつもみんなの注目の的だ！」

シェリールは、それを否定するように言った。

「そんな事ないよ、私だってそんなに綺麗だと思ってないのに、人にひがまれたりイジメられたり……苦しい事がたくさんあるから……みんな同じだよ……禅だって……」

それを聞いた瞬間、賢一が切れた。

「お前、禅に惚れたのか？　お前は俺の女だぞ！」

シェリールは、黙って下を向いた。賢一は小声で言った。

「惚れたのか？」

「そんなんじゃないよ」

賢一は笑った。

「まあ、いいさ、お前も同罪だ！　禅を騙したんだからな！　素晴らしい演技だったよ、アカデミー賞を取れるんじゃないか？」

それを聞いて、シェリールは下を向き、唇を震わせると涙を堪えていた。

賢一は楽しそうに言った。

「しかし笑えるよな、お前の母親が病気になったから実家に帰ったって……お前の母親はヨーロッパ人だ。俺だったら考えるね、実家ってどこだよ？って……まあ、あいつはお前の事を何も知らないからな……」

「……」

「フフフ……これからが面白いんだよ……アリとキリギリス、キリギリスは悲しい末路を迎えないといけない……そしてアリは幸せになる。そう決まっているからな……」

〝賢一、どういう事だ？〟

禅は、賢一に電話をするかしないかためらっていた。

〝落ち着け！　冷静になるんだ！　頭を冷やせ！〟

そう自分に言い聞かせ、深呼吸をした。そして覚悟を決めると、賢一に電話をした。

賢一は電話に気付いた。スマートホンを見ると禅からだ。

「禅だ！」

賢一は、そう言うとシェリールを見た。そして人差し指を口に付け、しゃべるなというジェスチャーをした。そして咳ばらいをすると、笑顔で電話に出た。

「禅、どうしたんだ？」

「賢一、シェリールは何処だ？」

賢一は驚いてシェリールを見た。

「知らないよ」

「本当か？」

その質問に賢一はドキッとした。そして見られているのでは？　と思い、店内を見わたした。しかし禅はいなかった。

「本当だ」

「そうか……」

「どうしたんだ？」

禅は黙っていた。

「禅、どうしたんだ？」

聞き直した賢一に、禅は言った。

「今、シェリールの働いていた店に行ったんだ……」

賢一は、またドキッとした。

「で？」

「ママが、シェリールは、お前が連れて来たと……」

賢一は思った。

〝あのクソババア！〟

賢一は、怒鳴った。

「禅、何を言っているんだ！　あんな水商売の女が言う事を信じるのか？　あのクソババア、俺のせいにしやがって！　イカレてやがる！」

「……………」

何も答えない禅に賢一は焦った。

「禅、おい禅、聞いているのか？」

「ああ、聞いているよ……お前は兄弟以上だ……お前を信じるよ……」

そう力なく言うと、電話は切れた。賢一はしばらく、切れたスマホを見つめると黙っていた。それを見つめるシェリールの視線に気付き、笑顔で首を振った。シェリールは悲しそうな顔をすると言った。

「もう無理だよ」

賢一はシェリールを睨んだ。

「もう少しだ……もう少しで物語は終わる……」

その言葉は、まるで自分に言い聞かせているようだった。

「俺はこれから、禅に騙された被害者たちに会わないといけない。もう行くから……」

うつむいたまま、泣いているシェリールを見て、賢一は優しく言った。

「シェリール、もう少しだから……頼む、お願いだ……」

シェリールはゆっくり顔を上げると、賢一を見つめた。賢一のその顔は、何を言っても変わらないという、決意に満ち溢れていた。シェリールは黙ってうなずいた。

賢一とシェリールは半年前に出会った。

有名女子大学に通い、容姿が美しいシェリールはモテた。

〝ねえ、シェリール、今度合コンやるから来てよ！〟

〝〇〇大学の〇〇君がシェリールの事、気になっているから紹介してって言われているんだけど……〟

〝ねえ彼女、可愛いね！　今度食事でもどう？〟


シェリールは、そんな連中に嫌気がさしていた。だから、真面目で誠実な賢一に引かれた。

特に恰好がいい訳ではない。しかし飾らない中に秘めた頭の良さと冷静さ、そして信念の強さ……今までに会った事の無いタイプだった。そして何より、賢一はシェリールに優しかった。

しかし、付き合っていくにつれて、賢一の異常とも言える性格があらわになった。それは、自分が決めた事は必ずやり遂げるといった執念だった。それが、今の賢一の地位を作った原動力ではあるのだが……それが欠点にもなった。いわゆる執着性気質と言うべきか？　それとも完全主義者と言うべきか？　やり遂げられなければ、永遠にその事を気にしてしまう。だから必ずやり遂げる。そして、それは禅に対しても同じだった。頭の中から離れない、禅に対する敵対心、復讐心……その忌まわしい少年時代、子供の頃に止まってしまった時間、それを動かし、成し遂げなくては前には進めない。愛する人の復讐……その復讐に、シェリールも加担することになっていった。

電話を切った後、禅は考えていた。それは賢一の性格の変化だった。

〝この前、剛史の話をした時も感情的になった。そして、さっきも賢一が言った言葉「あのクソババア」昔の賢一では考えられない〟

不思議だった。禅の知っている賢一は、相手の事を感情的にけなす事は無かった。それが？　禅は自分に言い聞かせるように呟いた。

「もう子供じゃない、みんな大人になっていくんだ。そして自己主張し、それぞれの道を生きていくんだからな」

それはまるで、自分を納得させているようだった。

賢一はシェリールと別れると、マンションに帰っていった。

最寄りの駅で降りると、商店街を抜け、裏道に入った。そこには数軒の飲み屋が連なっていた。

賢一がそこを抜けようとした時、若い二人が酔っ払って店から出てきた。歳は十八、九歳位か？

突然出て来た二人に、賢一はぶつかりそうになった。賢一は、それを避けるように歩いて行った。

「おい！」

その言葉に賢一は振り返った。一人が言った。

「挨拶がねえな！」

賢一は、二人を黙って見つめた。

「何見てんだ？」

その言葉を無視しながら、賢一は思った。

〝このカスどもが！〟

「何か用ですか？」

それを聞いて、二人は顔を見合わせ笑った。

「何か用ですか？　バカじゃねえか？　お坊ちゃんサラリーマンが、ウロチョロするんじゃねえ！」

賢一は思った。

〝こんなカスどもを相手にしてはいけない〟

賢一は無視をすると歩いて行った。それを見た一人が切れた。

「おい、待て！」

そう言って、賢一の肩を掴んだ瞬間だった。賢一はとっさにその手を掴み、ねじると、地面に叩きつけた。それを見たもう一人が一瞬唖然としたが、

「この野郎！」

そう言って、殴りかかって来た。賢一は、その拳を左手でかわすと、素早く右手の甲で両目を打った。

「うっ！」

相手が両目を押さえ、前かがみになったところに、賢一はすかさず膝蹴りを顎に叩き込んだ。相手は腰砕けに倒れた。賢一は、初めに肩を掴んだ相手を睨んだ。

「ひー」

座ったまま後ずさりする相手に、賢一は素早く近づくと、胸ぐらを掴み、右拳を構えた。

「何か問題があるのか？」

「あ、ありません、ゆるして……」

「この負け組が！　実力も無いのに努力もしない……そして弱そうな人間を見ると粋がる。お前たちに生きている資格があるのか？」

そう言うと、地面に叩きつけた。

賢一は大学に入学すると、周りには内緒で、護身術の道場に通っていた。子供の頃から、体が小さく運動音痴だった賢一は、よくいじめられた。その記憶を消したいために、自分を強くする為の努力をした。そして努力と、その真面目な性格から、道場でも一、二の腕前になった。そのため、師範から度々大会に出るように促されたが、それを断った。賢一は自分が強い事を人に知られたくはなかった。賢一はあくまでも、弱弱しく勉強だけしかしていない自分を演出していた。それは、アリのように生きる、自分のイメージを壊したくはなかったからだ。

賢一は我に返った。

〝しまった！　俺は何をしているんだ？　こんなカスどもを相手にするなんて……〟

賢一は、二人からゆっくり離れると、カバンを拾い、足早にその場を去っていった。

「冷静な俺が何をやっているんだ？」

〝どうしたんだ？　俺が浮足立っているのか？　感情をコントロール出来ないなんて……〟

それは、これから成し遂げる事への焦りだった。

賢一は自分を戒めるように呟いた。

「賢一、落ち着け、落ち着くんだ！」

そう自分に言い聞かせると、唇を噛んだ。

警察官僚は、日本全国何処の警察へでも行かされる。賢一も一度は県警に派遣されたが、今は警視庁本部に戻っていた。戻る時に、刑事部長から捜査第一課に行くように言われた。しかし、刑事部長に捜査第二課へ行かせてもらいたいと直談判した。そして捜査第二課知能犯捜査第一係の係長になった。そう、詐欺などを扱う部署だ。

「ついにこの時が来た」

賢一は、そう呟くと苦笑した。

一カ月ほど前、ファミリーレストランに、深刻な顔をして集まっている数人の集団がいた。賢一は、その集団の隣のテーブルに座った。もちろん賢一は、その集団が禅の架空のインサイダー取引の被害者だという事を、事前の調べで知っていた。

「どうなっているんだ？　全く連絡が取れない」

「やっぱり騙されたんじゃないのか？」

「俺もそう思う」

そう言って、ため息をつく男たち。

「警察に相談に行こうか？」

「いや、それはまずいんじゃないか？　インサイダー取引は犯罪だ！　それに手を出した俺たちも、あいつと同じじゃないのか？」

そう言って黙り込む男たち。賢一は、そこに割って入った。

「お困りのようですね」

突然、話に入って来た賢一に全員が驚いた。

「な、なんだ、お前は？」

「突然話に入ってすみません。話を聞いていて、お力になれるのではないかと……」

そう言うと賢一は警察バッジを見せた。それを見た全員が絶句し、顔を見合わせた。

「いやいや、あなたたちを捕まえようというのではありません。お聞きした所、あなた方は被害者だ、助けたいのですよ」

それを聞いた全員が、顔を見合わせた。

「本当ですか？」

「本当です」

その数日後、賢一は刑事部長に報告をした。

「刑事部長、お話が……」

「何だ?」

「はい、言いにくいのですが……」

そう申し訳なさそうに言う賢一を見て、刑事部長は身体を机に乗り出した。

「深刻な話か？　悪い話は勘弁してくれよ」

「先日、偶然に詐欺に遭ったという話をしている人がいまして、話を聞いてみると、直接関係はないのですが、どうも自分の幼馴染が罪を犯したようで……」

「何？　今でも付き合いはあるのか？」

「いえ、特には……ただの幼馴染です」

刑事部長は、机に肘をつき、両手を組むと顎に当て、しばらく考えていた。

「で？　森下君、キミはどうしたいんだね？」

賢一は目を見開き、強い口調で言った。

「私に陣頭指揮を取らせて頂きたいのですが？」

「キミが？」

「はい」

刑事部長は椅子に深く座ると言った。

「しかし、キミの管轄ではないだろ？　そんな事は、所轄に任せておけば良いのではないか？」

「はい、そうですが、被害者が広範囲です。それに被害総額が大きいので、本部の方が良いのではと……」

もったいぶる賢一に刑事部長が聞き返した。

「被害総額はいくらなんだ？」

「四、五億円に上ります」

それを聞いて、刑事部長の顔が変わった。

「なんだって⁉」

「それに、ヤツは薬物売買の前科があります。私は幼少期からヤツを知っていますが、危険な人物です」

「………」

「私に説得させてください！　騒ぎにならないように必ず解決します！」

刑事部長は考えていた。

〝この事件、森下が上手くやれば、上司の私の評価も上がるだろう〟

「確証はあるのか？」

「はい、間違いなく、被害者を集められます」

「そうか……」

刑事部長は椅子にもたれた。

「まさかな……キミが捜査二課に行った事が役に立つとは……」

そう呟くとうなずいた。

「わかった……キミに任せよう」

「ありがとうございます！」

「ただし、わかっているな、失敗は許されないぞ！」

「わかっております！」

「キミを信じよう」

「ありがとうございます！」

賢一は敬礼をすると、刑事部長の部屋を後にした。

その日から賢一は、被害者の話を聞いてアドバイスをしてきた。そして禅には、警察学校に行くと嘘をついた。

「もう十分証拠は集まった。そして被害届も出た。禅を詐欺容疑で捕まえるための、逮捕状を請求出来るまでになっている。これで全てのお膳立ては出来た！」

賢一は、そう呟き微笑むと、部下に逮捕状を請求しに向かわせた。

禅は、一睡もしていなかった。賢一とシェリールが知り合いだった事、賢一の紹介した人間に連絡が取れない事。それは、あまりにも出来過ぎた話だった。だから、それが逆に信じられなかった。

「まさかな……」

そう呟きながら笑った禅は、真面目な顔に戻ると呟いた。

気が付くと夜が明けていた。

「本当なのか？」

そんな事を、何百回繰り返したのだろうか？　気が付くと夜が明けていた。

禅は、頭がおかしくなりそうだった。賢一に直接会って確かめたかった。しかし、それは賢一を疑うという事になる。兄弟以上と言い続け、助け合ってきた賢一を疑う事は、自分自身を許せない気持ちにした。しかし考えても、考えても答えが出るはずは無かった。

時計を見ると、昼前になっていた。

〝直接会って確認するしかない！〟

そう決意を固めた時、スマートホンが鳴った。見ると、賢一からだった。禅はためらった。大きく深呼吸をした。そして覚悟を決めると電話を取った。

「はい」

「禅、話があるんだ」

禅は黙っていた。そして心の中で思った。

〝お願いだ、賢一、俺が納得のいく言い訳をしてくれ！〟

まるで、その気持ちが通じたかのように賢一が言った。

「禅、昨日の話なんだけど、誤解を解きたいんだ」

その言葉を聞いて、禅は嬉しかった。

「賢一、俺はお前を信じているよ」

「ありがとう、今からお前のマンションに行くよ」

「ああ、待っている」

そう言うと電話を切った。禅はソファーに倒れ込むと目を閉じた。

「誤解だったに違いない。賢一は、そんな奴じゃない」

そう呟き、安堵した。


〈ピンポーン〉

インターホンが鳴った。

「ん？　寝ていたのか？」

禅は昨晩、考え事をしていて、一睡もしていなかった。しかし、賢一との電話の後、安心した事で眠ってしまったのだ。

禅は時計を見ると、十三時過ぎだった。

「一時間くらい寝ていたのか」

慌ててソファーから飛び起きると、インターホンのカメラを見た。そこには賢一が立っていた。

「賢一、今開けるよ」

賢一は何も言わなかった。しばらくすると、玄関前のインターホンが鳴った。禅は鍵を開けた。

「賢一……」

「禅、昨日の電話はどういう事だ？」

そう聞いてきた賢一の顔を見て、全てが吹き飛んだ。

〝ママが言っていたのは嘘だ、恐らく苦しまぎれに言ったのだろう〟

そう確信していた。

「いや、何でもないんだ」

「え？」

賢一は拍子抜けした顔をした。

「まあ、入れよ」

「ああ」

ドアを閉めると、二人はリビングに向かった。そして、ソファーに座ると禅が話し始めた。

「賢一、悪かったな。俺は、一瞬でもお前を疑った自分が許せないよ」

「禅……」

賢一は笑いたい気分だった。

〝こいつ、どこまで人が良いんだ？〟

賢一は笑わないように、咳ばらいをした。その時、突然シェリールの言葉が頭をよぎった。

〝もう止めようよ……〟

その禅に同情した言葉……それと同時に、怒りがこみ上げてきた。賢一は思わず口走ってしまった。

「良くない！」

驚いた禅は、賢一を見つめた。

「え？」

賢一は焦った。

「いや、良くないだろ？　良くない、きちんと言えよ」

「そうだな」

〝危なかった。俺とした事が、感情的になってしまった〞

賢一はそう思いながら言った。

「なあ、言ってくれよ」

禅は覚悟を決めたように言った。

「昨日、シェリールの働いていた店に行って、ママに聞いたんだ」

「何をだ？」

「いや、その……ママが言うには、シェリールは、お前が連れて来たって言うんだよ、バカげた話だろ？」

禅は、そう言うと笑った。それを聞いて賢一は下を向いた。

〝もう限界だな、ついに復讐の幕は上がった。そろそろ仕上げにかかるか……〞

突然、賢一が笑い始めた。

「クククク……」

禅は意味が分からず見つめていた。

「禅、本当にお前は、お坊ちゃんだな……お前の今の顔、最高だよ」

そう言うと賢一は首を振って、大声で笑った。禅は、状況が理解できなかった。

「賢一、どうしたんだ？」

それを聞いた、賢一の顔から笑顔が消えた。

「そういう、お坊ちゃんのお前がむかつくんだよ！　何の不自由もなく育って来やがって！」

豹変した賢一を、禅は黙って見つめた。

「だから、全部俺が仕組んだんだよ！」

「全部？　何の事だ？」

「だから全部だよ、全部！　シェリールも未公開株も！　全部だ！」

「………」

「シェリールは俺の女だ！　そして村井という人間は存在しない！　あいつは俺が創り出した人間、元々詐欺で俺が県警の時に捕まえた人間だ！　今頃は、お前が集めた金を持って、海外で悠々自適にやっているよ」

禅は、全く意味がわからなかった。と言うよりも、理解できなかった。賢一は話を続けた。

「お前は本当にお人好しで、おめでたい奴だよ。特に、最後の一カ月は最高だったよ、俺は警察学校に行った事にして、お前が苦しむのを全部見ていたからな」

「冗談はやめろよ」

「泣けないキリギリス、いつまでスター気分でいるんだ？　俺は、お前に忠告したはずだぞ！」

「忠告？」

「忘れたのか？　お前が大学で大けがをした時アリのように生きろと、その忠告をお前は無視した」

禅は思い出した。大学のバスケットの試合で、足に大けがをし、病院に入院していた。その時、賢一が見舞いに来た時に言った言葉……。

〝アリのように生きるのも……〟

「あれは最後の忠告だった、そして最後の恩情……お前はバカすぎたよ」

「賢一……」

賢一は面倒くさそうに笑った。

「本当に目障りな奴だった。バスケットを失い、スターから転落した時は、最高の気分だったよ、お前を見舞った時、けがの状況を聞いて、お前はもうバスケットをやる事は出来ないと思った。だから、お前を許そうと思った。鳴けないキリギリスになったからな、もう終わりだと思ったよ」

禅は言葉を失っていた。賢一は、首を振りながら笑った。

「お坊ちゃんはいいよな、親父の金でプラプラしやがって……俺は貧乏で、奨学金をもらって大学に行った。そしてアルバイトをしながら母親の看病もしていた。ガキの頃からそうだ。俺はダメな奴で、お前はスター……いつかお前を超えてやると思ってきたよ。お前が幸せそうにしているのを見ると許せないんだよ！　お前が目障りだった！　そう、存在自体が許せないんだよ！」

「そこまで……」

それを聞いて、禅は愕然とした。

賢一は怒りに満ちた顔で続けた。

「そこで誓ったよ、お前が望むように、キリギリスと同じにしてやろうと！」

禅は、理解できなかった。

「不思議か？　お前にとってはそんなかもしれないな、しかし俺にとっては重要な事だ！　それに……」

そう言うと賢一は一瞬、何かをためらったように考えていた。

「それに？　何だ？」

賢一はうつむくと唇を噛んだ。そして静かに言った。

「それに、また頑張って、輝き出そうとしていたお前を見ていると、子供の頃の嫌な記憶が蘇ってきて……また、お前が輝いて、俺が埋もれてしまうような……また子供の頃に戻ってしまうような……」

そう悲しそうな顔をして言う賢一を見て禅は考えた。

〝何がいけなかったのか？　何が賢一をそこまで追い込んだのか？〟

しかし、考えても答えは見つからなかった。禅は、ただ佇んだまま、言葉を失っていた。

賢一は顔を上げ、禅を見つめると、今見せていた弱さを消すように、強い口調で言った。

「そう言えばお前、剛史とつるんでいたよな」

「え？」

突然、話が変わったために禅は意味がわからなかった。

「あんなカスとつるんでいるから、お前はバカなんだ！」

禅は返す言葉が見つからなかった。

「お前、どうせあいつに担がれたんだろ？　あいつは昔から、そういうヤツだ！　俺は、お前たちの供述調書を見た。それを見て分かったよ、お前が相変わらずお人好しでバカだってな！　あいつは、お前にそそのかされたって、お前のせいにしていた。それなのに、あいつの分まで罪を被って……」

その言葉を遮るように禅は言った。

「いや、人はどうでもいいんだ。自分がいけないんだ、そう、俺自身がいけないんだ」

そう強く言い切る禅に、賢一は呆れた顔をした。その偽善者に見える正義感が嫌だった。それが偽善者ではなく、平気で自分を犠牲にして人を助ける正義感が！

〝なぜそこまで？　どうでもいい人間のために、自分を犠牲にできるのか？　本当にこいつは……？〟

本当にムカついた。

「お前は、本当にバカだよ、あいつが今どうなったか知っているか？」

「あいつが、どうなったか？」

驚いた顔をした禅を見て、賢一は鼻で笑った。

「あいつは本物のカスだよ、いいか、良く聞けよ、俺たちに近い世代で、あいつを相手にしている奴は誰もいない。みんなあいつが、力も無いのに粋がって、いい年をして仕事もしない、ろくでもない奴だと分かっているからな」

禅も、そんな事は分かっていた。

「今、あいつは刑務所の中だ。あいつは十歳以上年下の中学生を集めて、ひったくりや盗みをやらせていやがった。お前と起こした事件の執行猶予もあったからな」

賢一は、そう言って笑った。禅はそんなに驚かなかった。剛史ならやりそうな事だと思ったからだ。

「あいつが捕まって、嬉しかったよ。あいつも俺の復讐リストに入っていたからな」

「復讐リスト?」

「そうだ、いつも自分の手は汚さず、将太にチクって俺をイジメていたからな。お前が、あいつと捕まった事がある事を突き止めた時、笑いが止まらなかったよ、二人に天罰が下ったと思ったよ、そして、またあいつは捕まった」

「……」

「ただ、所轄じゃないからな、俺が捕まえる事が出来なかった。それだけが心残りだった」

禅は、賢一の異常とも言える、執念深さにゾッとした。

「その復讐リストの最上位が俺って事か?」

賢一の顔から笑顔が消えた。そして黙って禅を見つめると、静かにうなずいた。

「残念ながら、そうだ」

禅はやるせない気持ちになった。そして呟いた。

「結局、俺とお前に信頼関係は無かったって事か?」

賢一は笑うと、迷う事も無く答えた。

「そういう事だ、お前をとことん追い詰めてやろうという、俺の夢が叶ったよ」

そう言うと賢一は大声で笑った。

「賢一、なぜだ？　俺たちは兄弟のように……」

「黙れ！」

賢一の顔は、一転して怒りの形相に変わった。

「兄弟？　じゃあ、どっちが兄貴で、どっちが弟だ？」

「……」

「子供の頃から、いつもお前は俺を見下していた。正義のヒーローぶりやがって、俺はお前に助けてほしいとは一度も言わなかったぞ！　お前に助けられて、惨めな気持ちになった俺の気持ちが分かるか？　その時、いつも思ったよ、ほっといてくれ！　俺はお前の引き立て役じゃないってな！　俺は、弱虫でイジメられている哀れな少年……お前は、それを助けるヒーローだ！　つまり俺がいなかったら、お前はヒーローじゃない！　そして、お前がいなかったら俺は、哀れな少年じゃなかったんだよ！」

「……」

禅は、この時初めて賢一の本性を知った。そして初めて人間の怖さと、自分が自己中心的な人間だった事を知った。

〝俺たちは兄弟以上？　あの言葉は一体、何だったんだ？〟

禅はうつむくと視線を下にし、賢一との子供の頃を思い出していた。確かにそうだった。賢一が困っていると思い、勝手に賢一を助けてきた。頼まれた事は一度もなかった。ただ自分が勝手に賢一を助け、かばっていただけだ。

「賢一、すまなかった……」

「フッ」

賢一は鼻で笑った。

「何がすまなかったんだ？　何に対してすまなかったんだ？」

禅は頭の中の整理がつかなかった。

「中学に入った時もそうだったよな、俺はバスケットなんてやりたくなかった。だけどお前はバスケットをやれば、俺の背が伸びるとか、運動神経が良くなるとか言いやがって、どこまでも俺を見下していやがって！　お前はいいよな、運動神経抜群のスーパースターだからな！　俺はいつも先輩にいじられて、みんなの笑いものだった。結局、またお前の引き立て役だよ！」

禅は愕然とした。

「本当に、すまな……」

「だから、何がすまないんだ？　どういう意味だ？」

「ただ、すまないと……」

「また俺に同情するのか？　勘違いするな、今は立場が反対だぞ！　俺がお前に同情する立場だ！」

禅は、そう言って強がる賢一が哀れに思えた。

「そうだったな……ただ、謝らせてくれ……」

「黙れ！　俺は警察官だ！　罪を犯した人間が謝って済むと思うか？　そんなに世の中甘くないぞ！

罪を犯した人間は罪の重さによって、裁かれなくてはならない！」

「それが罪？　俺が罪を犯したのか？」

その問いかけに、賢一は首を横に振りながら、また鼻で笑った。

「確かにな、お前が俺にした事は、法を犯した訳ではない。しかしな、たとえそうであっても俺はお前を裁く！　俺の方法でな！　そうでないと……そうでないと、俺の今まで失った人生はどうなる？俺の青春時代は？」

「どうすればいいんだ？」

それを聞いて賢一は笑った。

「かかって来いよ」

「え？」

「だから、かかって来いよ！」

「どういう意味だ？」

「お前が、弱いと思って、かばっていた俺が本当に弱いか？　試してみろよ」

「賢一、冗談はやめろよ」

それを聞いて賢一は怒鳴った。

「かかって来い！　償いたいんだろ？」

「……………」

「俺たちは兄弟以上なんだろ？　初めての兄弟喧嘩だ！　やろうぜ！」

禅は賢一を見つめた。

「全力で来い！　お前が、終わったキリギリスである事を分からせてやる！」

禅は唇を噛みしめると、覚悟を決め、賢一に殴りかかった。

「うわー！」

禅の拳が賢一の頬に当たった。賢一は後ろの壁まで飛ばされた。

「だ、大丈夫か？」

禅は心配しながら、賢一に近づこうとした。

「来るな！」

賢一は口から流れる血を、手で拭くと立ち上がった。

「どこまで俺をバカにするんだ？」

「……………」

「さすがだな、バスケットで一流になるだけの事はある」

賢一は、心配そうに見つめる禅を見ると笑った。

「遊びは終わりだ、本気で行くぞ！」

禅は思った。

〝なんだ？　この自信は？　これが賢一か？〟

そう思った瞬間だった。賢一の拳が顎に入った。禅は腰砕けに崩れた。

「立てよ、始まったばかりだぜ！」

そう言って笑う賢一を、禅は首を振り意識を戻しながら見上げた。そして膝に手を当て立ち上がると、顎に手を当てもう一度首を振った。

「どうやらお前を見くびっていたようだ」

「そうだ、お前はバカすぎる、やっぱりキリギリスだ！」

「ああ、その様だ」

「行くぞ！」

「ああ」

しばらく沈黙が続いたが、賢一が動いた。それは、禅を叩きのめしたいという焦りからだった。禅はそれを見逃さなかった。賢一が放った拳が、禅の頬をかすめた……禅は渾身の力を込めた拳を、賢一の腹に叩きこんだ。

〝よし!?　この感触……？〟

手ごたえがなかった。

〝？〟

そう考えた瞬間、賢一が禅の腕を捕らえていた。禅が気付いたのとほぼ同時に鈍い音がした。

〝ゴキ！〟

その瞬間、右腕に衝撃と共に痛みが走った。禅の右腕に賢一の両足と両腕がからみ、十字を取られていた。禅は腕を脱臼した。

「うっ」

賢一は素早く禅の腕を放すと転がって立ち上がった。右腕を押さえ苦痛の表情を浮かべ、右膝を床に着いた禅の一瞬の隙を賢一は見逃さなかった。すかさず、禅の眉間に裏拳を入れた。そして目を閉じた禅の顎に膝蹴りを入れた。禅は腰砕けに崩れ落ちた。

禅は夢を見ていた。それは賢一と二人で雲の上を駆けまわっている夢だった。二人はまだ子供で、賢一は楽しそうに駆け回っていた。

しばらくすると禅は夢から覚めた。

「痛っ……」

禅は、首を振り右腕を押さえながら苦痛の表情を浮かべ、起き上がった。それを見て賢一は笑った。

「どうだ？　気分は？」

「最高だね」

「チッ、どこまでもふざけた奴だ」

賢一は、そう言うと首を振った。

「お前が、そんなに強いとはな……格闘技をやっているのか？　その体格、おかしいと思ったよ」

「まあな」

「気が済んだか？」

「ん？　何か勘違いしているんじゃないか？　これは余興だよ、余興……」

「余興?」

「これから、エンディングが始まるんだ」

「エンディング?」

「そう、俺たち「アリとキリギリス」の最終章……本当のエンディングだ!」

　黙ったまま見つめる禅を見て、賢一は嬉しそうに笑った。

「心配するな、最高のエンディングだよ、何と言っても脚本・監督は俺なんだからな、お前は黙って演じればいい……じゃあ、始めようか」

　笑っていた賢一の顔が険しくなった。

「お前が犯したのは、詐欺罪、そして……右腕、痛いか?」

「ああ、だけどお前の心の痛みに比べたら大した痛みじゃない」

「当たり前だ!　だけどお前は兄弟以上だからな、痛みを和らげてやるよ」

「痛みを和らげる?」

「そうだ」

　賢一はそう言って笑うと、ポケットから手袋を出し両手にはめた。そして小さな小袋を出した。そこには白い粉が入っていた。

「これが分かるか?」

　禅は、それが何か分かった。

「そうだ、コカインだ!　お前は前科が有るからな」

賢一は、そう言って笑った。そして、その粉をソファーにふりまき、床に投げた。

それを見た禅が立ち上がろうとした時だった。賢一はジャケットの中に手を入れた、そして再び出された手には、拳銃が握られていた。

「動くな！　座っていろよ」

禅は何も言わずソファーに座った。そして賢一を見つめると言った。

「どんな罰も受け入れるよ」

その言葉に嘘はなかった。禅は今ここで撃ち殺されてもいいと思っていた。

「そうか、じゃあ言う通りにしろ」

「………」

「それを、床から拾うんだ」

賢一は床に落ちた、コカインの入った小袋に目線をやった。禅は静かにうなずいた。そして床に落ちた袋を拾った。

「拾ったよ」

そう覚悟を決めたように言った禅を見て、賢一は激高した。

「この野郎、どこまでも人を見下げやがって！　怖くないのか？」

「お前の……兄弟以上のお前の頼みだからな」

「くっ……」

どこまでもお人好しで「最後までお前の為に……」という態度が、賢一には許せなかった。

「それをテーブルに広げて吸うんだ」

禅はしばらく賢一を見つめていたが、戸惑いも無く言われる通りにした。それを見ていた賢一は戸惑っていた。それは禅に対しての、一瞬の迷いがそうさせた。賢一は自分に言い聞かせた。

〝物語を終わらせねば……もう後戻りは出来ない！〟

禅はもうろうとして、ソファーに倒れ込んだ。賢一はしばらく見つめていたが、静かに話し始めた。

「お前には感謝しているよ、何の特技も無い凡人の俺がここまでになれたのは、お前に対する復讐心のおかげだからな。俺は、その復讐を成し遂げるために、人以上の努力が出来た。そして警察官僚になった」

「………」

「そして復讐を実行するために、詐欺などの事件を扱う、捜査二課に入った」

禅は、もうろうとする意識の中で思った。

〝そこまで俺を……本当に俺がいけないのか？　それとも、こいつが異常なのか？　これは、夢じゃないのか？〟

賢一は微笑んだ。

「最後も頼むよ、この山で手柄を立て、出世街道を登らせてもらうよ、お前も本望だろ？　兄弟以上の俺の出世を手伝えるんだから」

「ああ、本望だ……」

そう言い終えると、多量のコカインを吸った禅は意識を失った。

それから、どの位時間が経ったのだろう？　禅は左手で頭を押さえ、起き上がった。目の前のソファーには賢一が座っていた。

「俺は、眠っていたのか？」

「ああ」

「痛っ……」

禅は、右ひじに走る激痛に襲われた。

「薬が切れて痛みが戻ったか？」

「その様だ」

「……」

「お前、強いんだな」

「お前のおかげだよ」

「そうか、努力したんだな、お前らしいよ」

「ああ、俺はアリだからな、努力しかない」

手に手袋をした賢一が、ペットボトルの水を渡してきた。禅は、痛む頭を押さえていた左手で、それを受け取ると飲んだ。

「どうだ？　気分は？」

「最悪だ」

そう言って首を振る禅を見て賢一は言った。

「俺を恨むなとは言わない」

「ああ、分かっているよ」

「じゃあ、俺は行くよ、これからシェリールが来るんだ」

「そうか……」

「外には部下たちが待機している。お前の罪は詐欺罪、しかも、五億円に近い金だ。そして麻薬及び向精神薬取締法違反。お前が罪の裁きを受け、償う時間は沢山ある。大麻取締法違反の前科もあるからな」

「死刑じゃないのか……」

「どういう意味だ？」

禅は笑った。

「死刑じゃないなら、いつかまた出て来るな、それでもいいのか？」

それを聞いて賢一は笑った。

「心配するな、また直ぐに入れるように考えておいてやるよ」

禅は下を向くと苦笑した。賢一は銃を構えたまま、部屋のドアノブに手をやった。

「じゃあな……」

「ああ、じゃあな……」

賢一は一瞬寂しい気持ちになったが、その気持ちを押し殺すと、静かに部屋を出て行った。禅はうな垂れると、ソファーに横たわった。


賢一は、マンションの外に出ると、部下の警部補を呼んだ。

「説得に成功しました」

警部補は、賢一の頬が腫れて口元が切れている事に気が付いた。

「警部、その顔は?」

「ん? ああ、やはり薬をやっていました。それで殴りかかって来たので……逆に右腕を脱臼させたので、おとなしくなっています」

「大丈夫ですか?」

「問題ないです。後はお任せしますので、薬物の鑑識もお願いします」

「了解しました」

「それと、一つだけお願いがあるんですが……」

「何です?」

「ヤツは犯罪者ですが、自分の幼馴染です。手錠は掛けないでもらいたい」

「なんですって?」

「警部補、お願いします。あなたの事は刑事部長に良く報告しておきます。頑張って頂いたと」

警部補は一瞬考えたが、うなずいた。

「わかりました」

それは賢一の唯一の恩情だった。禅の事を恨んでいたが、心のどこかで禅に感謝する気持ちがあったのだろう。


しばらくすると、刑事たちが部屋になだれ込んできた。

「松本禅、詐欺の容疑で逮捕する！」

そう言って令状を見せると、禅の両脇に刑事が立ち、両脇に手をやった。

「これは何だ？」

テーブルや床に散らばった白い粉を指さした。禅は素直に答えた。

「コカインです」

それを聞いた刑事たちは、白い粉の鑑識を行った。

「ようし、松本禅、麻薬及び向精神薬取締法違反容疑の現行犯逮捕だ！」

「分かりました……」

素直に認めた禅に、刑事たちは何も言わなかった。

「森下警部からの温情だ、手錠は掛けない」

そう言うと禅を連行して行った。連行されて行く途中、禅は泣いていた。

〝賢一、すまなかった……これは夢じゃないのか？　夢であってほしい……〟

そう思うと、うつむき肩を震わせた。

警察の覆面パトカーが回転灯・サイレンを鳴らすことなく、警視庁本部へ向かって行った。

違っていたエンディング

車を運転中、賢一のスマートホンが鳴った。賢一は車を止めると電話に出た。

「そうですか、ご苦労様でした」

そう言うと賢一は電話を切った。それは警部補から禅を逮捕したという報告だった。

「終わったか……」

賢一はそう呟くと、大きく息を吐いた。それは遂に成し遂げたという達成感と、唯一の友達を失ったという虚しさが交錯したため息だった。

〝これでいいんだ……これで……〟

賢一は、そう自分に言い聞かせるように、心の中で呟いていた。何度も、何度も……。


覆面の警察車両で連行されている途中、禅は窓の外を見ていた。頭は少し痛む、脱臼した右ひじは自分でハメたが、痛みと腫れは引く訳もない。禅は覆面パトカーの後部座席の真ん中に座っていた。

「痛っ……」

「右手を痛めているのか？」

「そうですね、脱臼しまして」

禅の左に座っている警部補は、チラリと左手で右ひじを押さえている禅を見たが、それ以上何も言わず前を向いた。

禅は呟いた。

「今日はいい天気ですね」

「そうだな」

「賢一……いや、森下警部は？」

警部補は前を向いたまま、その言葉を無視した。

「どこまで行くんですか？」

警部補はめんどうくさそうに言った。

「本部だ」

「本部……ですか……」

禅はそう言うと、口笛を吹き始めた。

「チ！」

警部補はムカついたように、舌打ちすると前を向いた。警部補はイライラしていた。それは無理もない、長年刑事畑でやって来た刑事一筋の自分が、世間知らずのキャリアの言いなりになっていたからだ。そんな警部補を横目で見ながら、禅は思った。

〝賢一、アリとキリギリス……俺は、イソップ童話のキリギリスのような、情けない終わり方はしないよ……〟

禅は、そう考えながら口笛を吹いていた。そして外を見るふりをして、横目で警部補のジャケットの下を覗いていた。車に乗せられた時に見えた、ジャケットの下から覗いた拳銃……。

「はあ……」

禅はため息をついて、うなだれた。そんな禅を、警部補は一瞬見たが観念したと思い、また前を向いた。禅はその一瞬を見逃さなかった。

右ひじの痛みにこらえながら、渾身の力で素早く警部補のジャケットの中に手を入れると、拳銃を奪った。禅は元バスケットのトップ選手だ。大学時代こそ堕落していたが、出所した後は、毎日真面目にジムに通い体を鍛えていた。そして、元々の運動神経は並の人間ではかなわない。五十歳前後で、中年太り、運動不足の警部補では太刀打ちできなかった。そして警部補も、禅が右ひじを負傷している事で油断していた。

禅は、警部補の首に左手を巻き付けると、右手に持った拳銃を警部補のこめかみに当てて叫んだ。

「全員動くな！　誰が動いても撃つ！　次の路地を左に曲がれ！」

それを聞いて、全員が状況を把握した。そして、運転していた刑事が路肩に車を止めた。

警部補が笑った。

「ハハハハ……」

「何がおかしい？」

「弾は入ってないんだよ」

それを聞いた禅は全く動揺しなかった。

「そうか、じゃあ試してみるか？」

そう言うと拳銃で強く警部補のこめかみを押した。その目を見て、長年刑事をやっている警部補は思った。

〝こいつ、本気だ！〟

「分かった、言う通りにする。お前たちも言う通りにするんだ」

それを聞いた禅は怒鳴った。

「無線を切れ！」

「……………」

「無線を切れと言っているんだ！　早くしろ！」

助手席に座る刑事が警部補の顔を覗き込んだ。警部補はうなずいた。助手席の刑事が、無線のスイッチを切った。

「違う！　引き抜け！」

戸惑っている刑事に、禅は怒鳴った。

「早く、引き抜くんだ！」

こめかみに拳銃を押し付けられている警部補が言った。

「言う通りにするんだ！」

助手席の刑事が無線を引きちぎった。

「よし、車を出せ！」

それを聞いた運転手が車を走らせた。路地を数回曲がり、二、三十分ほど走ると、人気の少ない閑静な住宅街で車を止めさせた。

「警部補、降りてくれないですか?」

その隙を見て、助手席の刑事が禅の右に座る刑事に、アイコンタクトをした。

「動くなと言ったはずだぞ!」

禅はバスケットの一流選手だった。細かな敵の動き、仲間の動きにも繊細に気を回していた経験が生きた。警部補は諦めたように言った。

「分かった、降りるよ、お前たち、妙な動きはするな!」

そう言うと、車の外に出た。禅は車から降りると、警部補を離し、拳銃を向けると言った。

「すみません、まだ終わる訳には行かないので……」

警部補は禅を見つめると言った。

「逃げられないぞ」

「わかっています、車に乗ってください」

「……」

警部補は黙って車に乗った。禅はドアを閉めると走っていった。そのスピードは速く、とても追いかけられるものではなかった。全員が車から降りると、警部補は携帯電話を使い本部に連絡を入れた。

そして警部補は、怒鳴って車のボンネットを叩いた。

「くそ!」

その怒りは、賢一が言った言葉に対してだった。

〝手錠は掛けないでもらいたい〟

警部補は呟いた。

「世間知らずのキャリア警部様の言う事を聞いてこのざまだ」

そして直ぐに緊急手配され、非常線が張られた。


警視庁は大騒ぎだった。

「森下警部に連絡は取れたか?」

「いえ、まだです」

「もう一度連絡しろ!」

「はい」

そう言うと警部補が賢一のスマートホンを鳴らした。何度掛けても留守番電話になった。

「ダメです」

「これはまずい事になったな……」

捜査二課長は、そう呟くと腕を組み、顎に手を当て黙っていた。

「もう一度聞くぞ、間違いなく森下警部の指示だったんだな?」

「はい、幼馴染なので手錠は掛けるなと……」

「うむ……」

二人はまた黙った。そして捜査二課長はため息をつくと、覚悟を決めたように言った。

「わかった、刑事部長に報告しよう」

そう言うと、捜査第二課を出て行った。

刑事部長は目を見開き、捜査二課長の顔を見返した。

「間違いないのか？」

「はい、残念ながら……」

「……」

「状況は厳しいです」

刑事部長は不機嫌そうに言った。

「ヤツを買いかぶりすぎたか……」

捜査二課長は疑問を感じた。

〝事件の報告は受けていた……しかし、なぜマル被が知人だと言わなかったのか？〟

「しかし彼のような優秀な警察官が、なぜこのようなミスをしたのでしょう？　本来であれば、知人の事件からは外れる事くらい分かっているはずですが……」

それを聞いた刑事部長は咳ばらいをした。

「とにかく、こうなっては仕方がない。問題はどう処理するかだ」

「はい！」

刑事部長は覚悟を決めたように言った。

「全力で被疑者を確保する事、それが先決だ」

「はい！」

捜査二課長は敬礼すると、刑事部長の部屋を後にした。それを見届けると、刑事部長は椅子にもたれ呟いた。

「汚点になったたな……」

賢一は、マンションに戻り、シャワーを浴びていた。

〝やっと終わった……俺は勝ったんだ！〟

そう思うと笑いが込み上げて来た……そして叫んだ。

「俺は勝った！　禅に勝った！」

賢一は、シャワー室から出ると、頭を拭きながら時計を見た。時計の針は十五時四十分を回ったところだった。賢一は、ここでシェリールと十六時に待ち合わせしていた。賢一は、禅に勝った喜びを早くシェリールに話したかった。

〝また、軽蔑されるかな？〟

そんな不安もあったが、自分の夢を実現した喜びが先行していた。

「ん？」

賢一は、固定電話の留守番電話が点滅している事に気が付いた。そして、その前にスマートホンを見ようと捜したが見あたらなかった。

「車に忘れたか？」

スマートホンを、車の助手席に忘れた事に気が付いた。賢一は首を振った。

「禅を捕まえた事に浮かれてしまった」

そう呟き、急いで服を着ると、スマートホンを取りに行くために玄関に向かった。

その時、インターホンが鳴った。賢一は、リビングに戻ると、カメラを見た。

「？」

カメラは点いていない。

「玄関か？」

そう言うと時計を見た。時間は十六時四十五分だった。

「シェリールか……」

そう呟くと、賢一はドアを開けた。しかし、そこにはシェリールではなく、禅が立っていた。

賢一は驚いた。

「よう兄弟、驚いたか？」

そう言って笑顔を作った禅を見て、賢一は一瞬動揺したが、平常心を装った。

「ぜ、禅……遅かったじゃないか……」

禅は笑いながら首を振った。

「ああ、遅刻だ」

「お前は、本当に大した奴だよ」

「お前が手錠を掛けさせなかったからな、賢一、詰めが甘いぞ」

賢一は視線を下に落とすと、首を振って笑った。

「本当にな、俺も甘いよな……」

「ああ、甘いよ」

二人は笑った。

「まあ、入れよ」

「ああ」

部屋に入り、リビングに行くと、二人はソファーに座った。そして禅が真面目な顔をした。

「お前に、どうしても確認したかったんだ」

「何を？」

「これが全部嘘だという事を！」

それを聞いて賢一は首を振った。

「嘘ではないよ、現実だ」

禅は泣きそうな顔になった。

「なあ、嘘だと言ってくれ……俺たちは兄弟以上だろ？」

賢一は面倒くさそうに首を振ると、ため息をついた。

「禅、本当だよ、もうすぐここにも警察が来るだろう……お前は、もう終わりだ」

その時、電話が鳴った。

「出てもいいかな？」

「いや、まだ話は終わっていない」

電話は留守番電話になった。

「はい、森下です……ただ今留守にしております……メッセージをどうぞ……」

電話は、シェリールからだった。

「賢一、どうしたの？　居るんでしょ？　スマホも通じないし……少し遅れるの……」

そうメッセージを残すと、電話は切れた。そのシェリールのメッセージを聞いた禅は、笑いながら首を振った。

「俺は本当に、おめでたい奴だよ……」

「ああ、本当にな……」

「楽しかったか？」

「ああ、最高だったよ」

禅は、それを聞いて苦笑いすると首を振った。

「さすがに頭がいいな」

「………」

「お前が言う通り〝最高だった〟だろうな」

禅の言った言葉の意味が、賢一には理解できなかった。

「……」

「そう、まだ俺たちの物語は終わっていない」

考えている賢一の顔を見て、禅は笑った。

「最高だった？」

二人が沈黙していると、また固定電話が鳴った。そして、留守番電話に変わった。

「警部、警部、マル被が逃走しました！　連絡を！」

そう言うと電話は切れた。

「禅、もう終わりだよ」

禅は全身の力が抜けたようにうなだれた。そして呟いた。

「俺とお前は、アリとキリギリスだったよな」

「ああ」

「俺がキリギリスでお前がアリだったな」

「そうだ、お前はいつも華やかに生きてきたキリギリス……俺は、ただ地味に生きてきたアリだ」

「全く、その通りだな……」

禅はそう言うと苦笑した。そして真面目な顔に戻ると、今度は悲しそうな顔をした。

「でもな、キリギリスだって遊んでいた訳じゃないぜ、綺麗な音色で歌う為に、一生懸命努力していたんだ。だけどな、鳴けなくなったんだよ……どんなに頑張っても、鳴けないキリギリスじゃあ、お終い（しま）なんだよ！」

　そう言うと禅は下を向き、肩を震わせた。

「ううう……」

　しばらくして、禅は顔を上げると、左手で涙を拭った。

「賢一、お前に分かるか？　鳴けないキリギリスの気持ちが？　この俺の気持ちが？」

　賢一は禅が哀れに思えた。しかし……静かに話し始めた。

「禅……じゃあ、お前に俺の気持ちが分かるのか？　俺もお前みたいに華やかに生きたかった、キリギリスみたいに……俺は、アリになりたくてなったんじゃない！　アリにしかなれなかったんだ！」

「……」

「お前が、うらやましかった……俺は、いつもお前の〝おまけ〟みたいなものだったからな、ただの引き立て役だった」

　禅は賢一の顔を見つめると呟いた。

「賢一、満足か？　今のお前は勝ち組、そして俺は負け組……これで満足か？」

　それを聞いた賢一は目を見開き、唇を噛みしめた。

「満足？」

　そして、自分に問いかけた。

〝俺は何なんだ？　俺の人生、こいつの為に……禅の為に……俺は、何の為に生きてきたんだ？　こんな事の為に？〟

呆然とし、考えている賢一に禅が言った。

「俺たちが知っている、イソップ童話のアリとキリギリス……残念だけど、俺たちのエンディングは、そのエンディングと同じにはならないよ」

そう言って微笑むと、痛む右手を腰の後ろに回した。そして再び出されたその手には、拳銃が握られていた。

「！」

「賢一、俺はお前を、ずっと兄弟のように思って来た。でも、それはどうも俺の片思いだったらしい。いつも俺たちが言っていた〝兄弟以上〟って、いったい何だったんだろうな？　お前が、そんなに辛い思いをしていたとは……」

賢一は言葉が出なかった。ただ心の中で呟いていた。

〝これは夢だ！　俺の描いたエンディングではない、夢に違いない！　いや夢であってほしい！〟

そう考え、固まっている賢一に禅は言った。

「俺はお前の事を、本当に兄弟だと思っていたよ、すまなかった兄弟……さようなら……」

「禅！」

賢一が立ち上がった瞬間、禅は引き金を引いた。

賢一は両手で胸を押さえると、ソファーに座り込んだ。そしてゆっくりと手を離し、両手を見つめた。その手は血で真っ赤に染まっていた。

「禅、これは夢だろ？　夢だよな……？」

そう言うと、ソファーに倒れこんだ。禅はソファーに横たわる賢一に駆け寄った。そして抱き起こした。

「すまない、賢一……」

賢一は苦しそうに、両手で胸の真ん中を押さえていた。その周りには血がにじみ出てきていた。

「ゴホゴホ、アリとキリギリス……こんなエンディングだったかな？　どうも、俺が思っていたアリとキリギリスとは、違う話だったみたいだ……」

賢一はそう苦しそうに言うと笑った。その口からは血が流れだした。禅は呆然としていた。

〝なぜ？　なぜ俺は引き金を引いたのか？　俺は賢一に……ただ賢一に、この出来事が全て嘘だって……昔のように兄弟以上だと言ってもらいたかっただけなのに……〟

それだけだった。禅は、今の現実を受け入れる事が出来なかった。そして、それは夢だという気持ちが強くなった。それを証明するために、夢から覚める為に……引き金を引いた。

しかし、これは夢ではなかった。禅の目から涙が溢れ出した。

「ううう……」

「な、なぜ泣くんだ？　きっと、人生は決まっているんだな……」

禅は返す言葉が見つからなかった。

「あの話、おかしいよな」

賢一は、そう言うと笑った。禅は左手で涙を拭った。

「何の話だ？」

「アリとキリギリスだよ……冷静に考えたら、アリが幸せになる訳ないよな、だってそうだろ？　幸せなのは、女王アリだけ……俺は女王アリじゃないんだからな……所詮、ただの働きアリなんだから……」

賢一は、そう言うと咳き込んだ。禅は思った。賢一がもう助からないと。

「賢一」

「ゴホゴホ、俺はバカだったよ、俺の人生に、お前が必要なんだよ……アリとキリギリスだからな、お前がいなかったら物語が始まらない。だって、お前を超える為に俺は努力したんだからな……」

「………」

「禅、俺はお前に勝ったよな……勝っただろ？」

「ああ、お前の勝ちだ、全てで負けたよ」

「そうか……俺はお前に勝ったのか……」

賢一は微笑んだ。それは達成感と解放感から来たものだった。

「でも、最後も結局お前だったな……でも、やっとこれで俺は解放される……そして、全てが終わる……」

「賢一……」

「禅……天国ってあるのかな？」

「天国？」

「ああ、天国……」

「ああ、きっと有るよ、お前は間違いなく天国行きだ」

もちろん確信は無かった。しかし、それしか答えが見つからなかった。

「フフフ……お前はいつも俺をかばってくれたよな……そして、励ましてくれた……またそうやって……ゴホゴホ」

禅は、止めどなく溢れ出す涙を止められなかった。

「禅……俺の最後の頼みを聞いてくれないかな……」

「なんだ？　何でも聞くよ」

「今度、生まれてきたら、俺にキリギリスをやらせてくれないかな？」

禅は涙でよく見えない賢一の顔を見ながら答えた。

「ああ、約束するよ……」

「頼んだぜ……約束だからな……」

賢一は、そう言って笑うと、力を振り絞るように、右手の小指を差し出した。禅は、その血に染まった小指に、自分の小指を結ぶように差し出した。しかし結ばれる寸前で、賢一の身体から力が抜けていった。

「ううう……」

禅は賢一を抱きしめた。そして呟いた。

「賢一、すまなかった……本当に、すまなかった……」

それは、賢一の人生に対する謝罪だった。禅は、賢一をそっとソファーに寝かせた。そして、賢一の小指に自分の小指をからませると言った。

「賢一、約束するよ」

そして、静かに両腕を胸の上で組ませた。禅は思った。

〝俺は人の人生まで左右させてしまった……〟

それは一番信頼していた人の人生……もはや、悔やんでも悔やみきれなかった。

しばらくすると、窓の外からサイレンが聞こえてきた。禅は、銃をズボンの後ろに入れると窓に近づいた。そして、そっと窓の外を見つめると、建物の周りは警察が囲んでいた。

禅は賢一の元に近づくと屈み、別れを言った。

「賢一、じゃあな、お前は天国、俺は地獄……もし生まれ変わったら……そして、お前に許されるなら、また会おう」

そう言うと賢一を見つめたまま立ち上がった。

「約束だったよな、今度はお前がキリギリスで俺がアリだ……でもエンディングはイソップ童話と同じじゃないぜ、お前は最後まで輝き、歌い続けるんだ……俺は許されるなら、働きアリになって、お前の為に働くよ……」

禅は、そう言って笑った。

外では駆け付けた警察がざわめいていた。

「本当なのか？」

「はい、間違いないかと……」

「なんて事だ」

捜査二課長がため息をついた。それは賢一の住むマンションの住民からの110番だった。

〝銃声のような音が聞こえた！〟

自分の部下が犯した不祥事に、警視庁本部の捜査第二課の課長が自らが出向いていた。

「状況は分からないのか？」

「はい、ただ森下警部と連絡が取れないという事だけです」

「またマスコミが騒ぎ立てるぞ」

それは被疑者が逃走したうえ、森下警部に連絡がつかない。警察としては、最悪の事態を想定せざるをえなかった。

しばらくすると禅を取り逃がした、警部補たちが駆け付けた。

「課長！」

「どうだ？　間違いなさそうか？」

「恐らく間違いないかと……」

「うむ……最悪だな」

「はい」

捜査二課長は、しばらく下を向いて考えていたが、怒り心頭で言った。

「手錠を掛けなかった事は問題だ！」

警部補は言い訳するように言った。

「しかし、森下警部からの命令で……」

「そんな言い訳が通用すると思うのか？」

「申し訳ありません」

「しかも拳銃まで奪われて！」

「……」

捜査二課長は、もはやそんな事を議論している場合ではないと切り替えた。

「とにかく、今はこの事態を収めるのが先だ」

それを聞いた警部補が、捜査二課長を見つめ言った。

「課長、私に行かせてください！」

「キミが？」

「はい、取り逃がした責任もあります」

捜査二課長は、少し考えていたが、覚悟を決めたように言った。

「わかった、キミに任せよう」

「ありがとうございます！」

「もう失敗は許されないぞ！　分かっているな！」

「わかっています！」

警部補は、敬礼をした。


禅は、立ったまま賢一を見つめていた。しばらくすると、インターホンが鳴った。禅がインターホンに近づくと、スーツを着た若い男が映っていた。

「………」

「森下さんですか？」

禅は、もう一度賢一の亡骸に目をやると応えた。

「はい」

インターホンに映る男は、横を向くと誰かと話していた。そして再びカメラを見ると言った。

「ドアを開けてもらえますか？」

「………」

「聞こえますか？　ドアを開けてもらいたいんですが？」

禅は覚悟を決めた。

「分かりました」

外では、他の刑事たちが待ち構えていた。警部補は、念を押すように言った。

「ヤツは拳銃を持っている可能性が高い、用心しろ！」

インターホンの陰では、刑事が銃を構えていた。

しばらくすると、鍵が開く音がした。しかし、ドアは開かない。刑事の一人がそっとドアノブに手を当てると、ドアを開けた。そして刑事たちが数人なだれ込んだ。そこには、賢一の血で染まった禅が、ドアの三メートル程奥に下がった所で頭の後ろに腕を組んで立った。

警部補が声を上げる。

「よし、抵抗するなよ！　確保！」

一番初めに踏み込んだ刑事が、禅を押さえようとした時だった。それは一瞬の出来事だった。禅は素早く腰の後ろに隠していた拳銃を抜くと、刑事の後ろに回り、左腕を首に絡ませると、頭に銃を押し付けた。

「動くな！　動いたらこいつを殺す！」

それを見た、他の刑事たちは一斉に立ち止まった。警部補が禅に声を掛けた。

「落ち着け！」

禅は笑った。

「警部補、また会いましたね」

「落ち着くんだ！」

「落ち着いていますよ、至って冷静です」

警部補は一瞬考えた。そして思い出した。

「右腕、痛むんだろ？」

それを聞いて禅は笑った。

「たいした事はないですよ」

禅の顔から笑顔が消え、黙っている警部補を睨んだ。

「警部補、もう一度しか言わないですよ、下がって下さい」

「もう、やめるんだ！」

それを聞いた禅は素早く、警部補の脚を撃った。

〝パン！〟

乾いた音と共に弾は警部補の右脚を貫いた。

「うっ！」

警部補は脚を押さえ、後ろに倒れ込んだ。

「警部補！」

他の刑事たちは、倒れた警部補に目をやった。

「一度しか言わないと言ったはずだぞ！」

「わ、わかった……落ち着け……」

警部補は、座ったまま脚を押さえ、後ろに下がって行った。そして、外の仲間にも聞こえるように叫んだ。

「全員言われた通りに下がるんだ！」

それを聞いて、全員が下がって行った。刑事たちが全員外に出たのを確認すると、禅はまた叫んだ。

「何もするな！　動いたら引き金を引くぞ！」

警部補は思った。怪我をしているのに、拳銃を奪われた時の身のこなし、そして何より、その覚悟を決めた眼差し……。

〝こいつの目は、覚悟を決めた者の目……危険だ！〟

警部補は大声で言った。

「分かった、お前たち何もするな！」

禅は人質の刑事を盾に、そっと外に出ると、周りの様子を伺った。そして壁を背にすると、ゆっくりエレベーターに向かった。周りの刑事たちは、拳銃を構えながら禅に付いていった。

警部補が、苦痛に耐えながら叫んだ！

「今度こそ逃げられないぞ！　外には狙撃手もいる！　もう包囲されているぞ！」

それを聞いて禅は笑った。

「逃げて見せるさ」

警部補は禅を見つめると呟いた。

「いかれてやがる……」

禅はエレベーターの扉を閉めた。その場にいた刑事たちは、すぐに下にいる刑事たちに連絡を入れた。

「マル被、今エレベーターで下に向かった！　拳銃を所持！　警部補が撃たれた！　そして刑事が一人、人質になっている！」

外で待機している警察に緊張が走った。

「くっ、しくじったか……」

そう呟いた捜査二課長は、指示を出した。

「ヤツが出てくるぞ！　警官が人質になっている、気を付けろ！」

そしてＳＩＴ（特殊事件捜査係）の狙撃手の方に目をやった。


エレベーターが開くと、そこには誰もいなかった。自動ドアの外には、警察が待機しているのがうかがえた。

「歩くんだ、ゆっくりだぞ！」

禅は人質の刑事を盾に、慎重に周りの様子をうかがいながら、ゆっくりと外に出て行った。外に出ると、警察が周りを包囲していた。そしてＳＩＴの狙撃手が禅を狙っていた。

「もう止めろ！　終わりだ！」

禅は、そう呼びかける捜査二課長を見ると、笑みを浮かべた。

その時だった。

「もう止めて！」

その声で、禅の顔から笑みが消えた。禅はそっと声のする方に目をやった。そこには、警官に静止されているシェリールが立っていた。

「シェリール……」

シェリールは泣いていた。シェリールは、賢一に会いにマンションに来た。そして連絡が取れない賢一と、マンションを囲む警察、それを見た時に嫌な予感がした。そして血だらけの禅を見て、何が起こったか理解した。

「もう止めて、あなたを失いたくない！」

「……」

禅は、シェリールを憎んでいなかった。頭の中をシェリールとの楽しかった時間と彼女の笑顔が駆け巡った。禅は、その記憶を消すように、首を振ると叫んだ。

「今さら何だ！　お前は賢一とグルになって……」

「違う、初めはそうだった！　だけど、あなたを本当に好きになってしまったの！」

それを聞いて禅はうつむき、しばらく黙っていた。


それを見て、ＳＩＴの狙撃手が無線で捜査二課長に言った。

「捜査二課長、今狙えます！」

捜査二課長は禅を捕まえ、事件の真相を知りたかった。

「まだ撃つな、待機しろ！」

「了解！」

「指示が有るまで、撃つんじゃないぞ！」

「了解！」

禅は呟いた。

「鳴けないキリギリスは、ただのキリギリス……もう俺には価値が無いんだ……」

そう言うと、全身の力が抜けたように両手を下げた。刑事たちは、その瞬間を見逃さなかった。人質の刑事が、禅の右手を払った。その手に握られていた拳銃は地面に落ちた。

禅は全く動かなかった。そして人質の刑事が屈んだ。それを見た捜査二課長が叫んだ！

「確保！」

その叫びを聞いて、周りの刑事たちが一斉に禅に向かって走り出した！　その瞬間だった。

一発の銃声が響いた……。

禅を確保するために、走っていた刑事たちが全員立ち止まった。禅は胸に手をやった。その手には血が付いていた。しかし痛みは無かった。禅は両膝を突くと、崩れるように後ろに倒れた。

それは、刑事部長からの指示だった。

〝ヤツは危険人物だ、犠牲者を出す訳にはいかない、隙を見て撃て！　必ず射殺しろ！〟

まさしく、それは自己保身。自分の部下である、賢一の失態を隠すためだった。

〝死人に口なし！　働きアリが一人居なくなったところで……〟

賢一は結局、働きアリだった。ただの働きアリ……所詮、組織の中の一人にすぎない。使えなくなったら、切り捨てられる……代わりはいくらでもいる。

捜査二課長は、ＳＩＴの狙撃手の方に目をやった。

「バカが！　なぜ撃った！」

そして、また叫んだ。

「確保！」

それを聞いて立ち止まっていた刑事たちが、一斉に走りだした。

一人の刑事が、禅の近くに落ちている拳銃を蹴ると、数人が禅を押さえた。

禅は虫の息だった。

〝まるで、賢一と同じ最後だ……〟

禅はそう思うと呟いた。

「賢一、俺たちの物語は終わったよ……アリもキリギリスも、結局最後は……」

シェリールは制止する警察官を押しのけると、叫びながら走って行った。

「禅！」

そして刑事たちの足元を這いずるように割り込み、禅の顔を覗き込んだ。それを一人の刑事が引き離そうとしたが、捜査二課長は刑事の肩に手をやると、それを制止し、うなずいた。

シェリールは呟いた。

「本当にバカね……」

そう言って涙を流すシェリールの頬に、禅はそっと手をやった。

「俺の為に、泣いてくれるんだ……」

初めて触れられた禅の手は温かかった。

「ごめんなさい……」

禅は言葉を振り絞った。

「き、君と居た時間が……俺の人生で一番楽しかった……恨んでないから……キミも賢一も……ありがとう……出逢えてよかった……本当に……ありがとう……」

「禅……」

シェリールの涙が、禅の頬に落ちた。

「ただ、本当は……本当は、鳴ける時に出逢いたかった……もう少しカッコいい所……見せたかったよ……」

シェリールは溢れ出す涙を堪えながら言った。

「いつも私の事を思ってくれて……優しく見守ってくれて……ちょっと臆病で純粋で……十分カッコ良かったのに……本当にバカなんだから……」

それを聞いて禅は微笑んだ。

「そうだね、俺は……本当に……バカだよ……」

そう呟くと、禅の身体から力が抜けていった。その顔は幸せに満ち溢れていた。

「本当に……本当に、バカ……本当に……」

シェリールは、そう呟くと口を押さえ、肩を震わせて泣いた。

それを見ていた捜査二課長が、そっとシェリールの肩に手をやり立たせた。そして、ゆっくりと禅から引き離した。

シェリールは二人の刑事に支えられ、振り返りながら歩いて行った。そして、しばらく行くと前を向き、うな垂れるように下を向くと、泣きながら歩いて行った。

しばらく行くと、シェリールは突然立ち止まった。そして空を見上げた。

「どうかしたの？　大丈夫？」

「………」

刑事の問いかけに、シェリールは黙ったまま空を見上げていた。青空に浮かぶ、流れる雲を……。

それを見て、付きそう二人の刑事も空を見上げた。

シェリールの口元は微かに動いていた。

「さようなら……私の愛した……」

その先はよく聞きとれなかった……。

その日の空は良く晴れ渡っていた。

そこに浮かぶ大きな雲、そこには禅と賢一がいて、何かを話しているように聞こえた。

「お前はやっぱり、キリギリスだな」

「じゃあ、そう言うお前はアリなのか？」

「まあ、そんな事、もうどうでもいいかな？」

「そうだな……」

「結局、俺たちは二人で一人って事かな？」

「そうだな、俺たちは兄弟以上、だからな……」

二人の笑い声が聞こえた気がした。

それは、ただの空耳だろう……きっと、そうだろう……。

FIN

【著者紹介】
上條影虎（かみじょう　かげとら）
東京都八王子市在住。

アリになれないキリギリス

2020年10月28日　第1刷発行

著　者　　上條影虎
発行人　　久保田貴幸

発行元　　株式会社 幻冬舎メディアコンサルティング
〒151-0051　東京都渋谷区千駄ヶ谷4-9-7
電話　03-5411-6440（編集）

発売元　　株式会社 幻冬舎
〒151-0051　東京都渋谷区千駄ヶ谷4-9-7
電話　03-5411-6222（営業）

印刷・製本　中央精版印刷株式会社
装　丁　　田口美希

検印廃止

Printed in Japan
ISBN 978-4-344-93138-1 C0093
幻冬舎メディアコンサルティングHP
http://www.gentosha-mc.com/